어둠 속에서
빛나는 것들

월가 시각장애인
애널리스트가 전하는
견고한 삶의 가치

신순규

에세이

어둠 속에서 빛나는 것들

판미동

차례

2부

견고함을 위해 지켜야 할 것들

3부

흔들리지 않기 위해 조심할 것들

4부

미래를 위해 준비할 것들

프롤로그

혼란의 시대, 삶의 견고함을 찾아서

2020년 1월, 중국에서 신종 폐렴이 돈다는 소식이 들려오기 시작했다. 처음엔 좀 심한 독감인 줄 알았다. 전염성이 강하다는 뉴스를 접했을 때도, 훗날 신종 코로나바이러스라고 불릴 이 바이러스가 결국 미국까지 들어올 거란 전문가의 예측을 들었을 때도, 사실 난 크게 걱정하지 않았다. 전문가는 미국처럼 의료 시스템이 견고한 나라의 국민은 괜찮을 거라고 말했다. 하지만 멕시코나 라틴아메리카처럼 시설이나 재정이 부족한 나라들에 이 바이러스가 퍼지기 시작하면 정말 걷잡을 수 없는 에피데믹(Epidemic, 감염병 유행)으로 고생을 할 수도 있을 거라고 했다.

견고한 의료 시스템! 투자할 때 제일 중요한 것은 기업의 견고함이다. 나와 동료들이 심사숙고해서 골라내는 기업은 그 어떤 경제적인 상황도 견뎌 낼 만큼 견고하고, 거기에 종사하는 모든 이들, 고객, 직원, 주주 등에게 계속 상품과 서비스, 급여와 지원/혜택, 이윤과 성장 등을 제공할 수 있어야 한다. 이런 기업들을 찾아내는 일을 20여 년간 해 온 나는 삶의 챔피언들 역시 삶의 다양한 굴곡 속에서 견고함을 추구하는 사람들이라고 생각했다.

그런 견고함을 생각할 때, 2020년 3월 9일은 나에게 새로운 전환점을 마련해 주었다. 원래 그날은 많은 증인과 하나님 앞에서 나와 그레이스가 했던 약속, 즉 더 좋아지거나 나빠지거나, 부유하거나 가난하거나, 건강하거나 병들거나, 죽음이 우리를 갈라놓을 때까지 서로 사랑하며 살겠다고 약속한 결혼기념일이었다. 또 2009년부터 거의 11년간 계속된 불마켓(Bull Market), 즉 주식 강세 시장이 시작된 날이기도 했다. 그리고 그날은 또 다른 특별한 의미를 지닌 날, 즉 내가 그동안 쌓아 왔던 견고함에 대한 생각을 다시 다듬기 시작한 날이기도 했다.

2020년 2월 19일, S&P500지수가 역사적으로 최고 수준인 3386을 기록했다. 나는 그런 현상을 이해할 수가 없었다. 그때까지만 해도 투자자들은 영원히 변치 않을 장밋빛 안경을 쓰고 세상을 보는 듯했다. 경제에 부정적인 영향을 끼칠 것 같은 뉴스, 예를 들어 중국에서 일어나고 있던 코로나바이러스 위기 뉴스에도 긍정적인 반응을 보였다. 이 염려가 현실이 된다 해도 연방준비은행이 금리를 낮추고 채권을 매입하는 등의 방법으로 경기를 부양할 거란 견해가 주식을 계속 히말라야 고지로 밀어 올리고 있었다. 가치에 따라 투자 결정을 하는 나와 동료들은 이런 환경에서 매입할 주식이나 채권이 없다며, 매일 일이 지루하다고 불평을 늘어놓고 있었다.

그런데 S&P500지수가 고지에 도달한 그 날 직후 한국에서 심상치 않은 뉴스가 들려오기 시작했다. 코로나바이러스 감염 확진자들이 매일 큰 폭으로 늘어나고 있다는 뉴스를 접하면서 나는 코로나 위기가 그 전문가의 말대로 중국에서 그치지 않을 거란 불안한 생각이 들기 시작했다.

주식 시장에서도 투자자들이 장밋빛 안경을 서서히 벗고 있다는 증거가 나타나기 시작했다. 2월 20일부터 12일의 거래일 동안 S&P500지수는 이틀을 제외하고 매일 하락을 거듭했다. 3월 6일 지수 고지에서 12.2%가 빠진 날 우리 회사는 재택근무 방안을 결정했고, 나는 월요일인 3월 9일부터 그 권고를 받아들였다. 그래서 재택근무 중 잠깐이라도 시간을 내서 아내와 결혼 기념 점심 식사를 할 수 있을 거라 생각했다. 그런데 그건 아주 큰 오산이었다.

3월 9일 아침, 나는 컴퓨터를 켜고 회사 네트워크에 접속했다. 그런데 블룸버그 터미널 스크린에는 믿기 어려운 데이터가 올라와 있었다. S&P 선물 가격은 하락 제한 수준, 약 5%에서 멈춰 있었고, 미국 국채는 모두, 30년 만기조차도 1% 이하로 내려와 있었다. 이는 세계 투자자들의 불안함이 패닉 수준에 도달한 것을 말해 주고 있었다. 나는 세상이 크게 변한 것을 어렴풋이 느꼈다.

그날 이후 나와 동료들은 급속도로 변하는, 대개 하락하는 주가와 채권 가격을 경험했다. 언제 매입을 결정해야 할지 몰라 고민했다. 우리가 소유하고 싶었던 회사의 채권이 싸게 나오면 빨리 매입 결정을 내리고 거래를 성사시키려 노력했다. 하지만 하락을 거듭하고 있던 우리가 운용하는 펀드 액수 때문에, 또 쑥쑥 줄어들고 있던 각자 개인 계좌의 잔고 때문에 스트레스를 받기도 했다. 그제야 검사를 본격적으로 시작한 미국에서 확진자들이 계속 쏟아져 나오면서, 또 사회적 거리두기를 위한 여러 방침이 실행되면서, 사람들의 불안감 역시 급속도로 늘어 갔다. 내가 사는 뉴욕/뉴저지 지역에서도 사망자들이 매우 빠르게 늘어나면서 불안감은 더 높아져만 갔다. 우울증약 처방이 무척 늘었다는 말도 들었다.

우리 가족은 그때부터 매우 단순한 생활에 익숙해졌다. 나는 아침 7시쯤 회사 네트워크에 접속해 하루 일을 시작하고, 아이들은 8시 10분 시작하는 1교시 수업에 출석하기 위해 각자 랩톱 컴퓨터로 구글미트(Google Meet)에 접속한다. 아내는 끼니마다 식구들 밥을 해 먹이느라 수고하고, 빈 곳이 늘어만 가는 냉장고를 들여다보며 어떻게 하면 슈퍼마켓 가는 것을 더 늦출 수 있을까 고민한다. 그리고 이 비상사태가 끝나면 사람들에게 나누어 주겠다며 아기 신발, 가방, 모자, 목도리 등을 뜨개질한다. 아이들은 오후 3시, 나는 5시 반쯤 하루 일정이 끝난다. 그 이후에는 숙제와 운동으로 시간을 보낸다. 날씨가 괜찮은 날엔 해 질 무렵 산책을 하러 나간다. 다른 사람들과의 간격을 적어도 6피트, 즉 2미터는 두기 위해 이렇게 늦게 나가는 것이다.

한국처럼 코로나 위기를 훌륭하게 대처한 나라에 사는 독자들은 상상할 수 없을 것이다. 집이 감옥이 되고, 잘해야 하루에 한 시간 정도만 바깥 공기를 마실 수 있는 그때의 현실을. 바이러스 감염자에게 억지로 일을 시킨 근처 슈퍼마켓은 직원 두 명이 죽자 문을 닫았다. 이런 뉴스 때문에 슈퍼마켓에 갈 엄두를 내지 못했다. 음식 배달 서비스는 인력 부족으로 거의 불가능한 상태였다. 배달은 가능했지만, 식당들 역시 재료 부족으로 문을 닫기 시작했다. 얼마 있지 않아 음식을 할당해 식구들과 나눠 먹어야 하는 상황이 올 수도 있겠단 생각을 하기 시작했다.

필수 경제활동 외에는 모두 다 셧다운(shutdown)한 경제는 급속도로 불황 수준이 되었다. 매주 몇백만 명의 실업수당 신청자가 나왔고, 2020년 실업률 최고치를 30% 이상으로 예측하는 경제학자들도 있었다. 더 기가 막히는 일은 바이러스 감염을 줄이기 위해 자발적으로, 강제로 닫아 버린 경제를 조금이나마 부양하기 위한 노력이었다. 그건 상상을 초월할 액수의 자금을 쏟아붓는 일이었다. 빌리언(billion, 십억) 단위가 아니라 트릴리언(trillion, 몇조) 달러 단위의 채무를 우리 자녀들 세대에게 물려주는 일이었다.

의료 시스템의 견고함, 기업의 견고함처럼 삶에도 그런 견고함이 중요하다는 생각이 들었다. 그리고 내가 얻으려고 노력해야 하는 것은 나의 개인적인 견고함, 사랑하는 이들을 지켜 줄 수 있는 삶의 견고함이라고 결론지었다. 우리에게는 심각한 존재의 위기가 더 자주, 언제나 찾아올 수 있지 않나? 살다 보면 가장 사랑하는 사람을 갑자기 잃을 수도 있고, 나의 정체성을 지켜 주는 일을, 지위나 직책을 혹은 돈을 잃을 수도 있다. 병을 얻을 수도 있고, 정신적 안정이나 마음의 평안을 잃을 수도 있다. 애널리스트로서 내가 투자분석을 통해 기업의 견고함을 확인하듯이, 이 위기의 시기에 나 자신의 견고함을 확인해 보고 싶었다. 과연 무엇이 나를 이 험한 세상에서 불확실로 채워진 미래를 하루하루 살 수 있도록 해 주는 걸까?

삶의 견고함에 대한 자기계발서를 출간할 목적으로 이 책을 쓰지 않았다. 몇 단계를 통해 얻을 수 있는 행동 변화나 습관 습득에 답이 있다고 믿지 않기 때문이다. 생각, 가치관, 마음가짐, 믿음 등에서 우러나오는 내적인 견고함은 여러 사람, 경험이나 환경이 다른 많은 사람의 스토리를 통해서 전달된다고 믿는다. 나는 시각장애인으로서 45년, 또 외국인으로서 39년간 삶의 여러 도전과 함께 살아왔다. 상황이 어떻든, 환경이 어떻든, 행복하고 감사했다.

1부

팬데믹 한가운데에서 느낀 것들

감염 경로를 알 수 없는 환자들을 '깜깜이' 확진자라고 부르는데
시각장애인들이 반발해서 그 단어를 쓰지 않겠다는 뉴스가 나왔다.
그런데 나는 그 단어를 처음 들었을 때
시각장애인과 연관시키지 못했다.
44년이나 빛도 보지 못하는 생활을 해 왔지만,
나의 세계가 깜깜하단 생각은 해 본 적이 없기 때문이다.

금과 은보다 더 빛나는 것

결혼 생활을 하면서 가장 힘든 것 하나는 아내 그레이스에게 줄 기념일 선물을 고르는 일이다. 선물을 준비해야 할 기념일들은 다음과 같다. 2월 밸런타인데이, 3월에 찾아오는 결혼기념일, 5월 둘째 일요일인 어머니의 날(Mother's Day), 9월에 있는 아내의 생일, 그리고 크리스마스. 나의 모국 한국에서는 2월 14일에 여자들이 남자 친구나 남편에게 선물을 준다지만 미국에서는 서로 선물을 교환한다. 게다가 아내는 쉽게 구할 수 있는 초콜릿을 그리 좋아하지 않는다. 그래서 궁리하다가 아내가 좋아하는 홈 데코레이션에 대한 책 3권으로 올해 밸런타인데이의 위기는 면했다.

아내가 항상 하는 말이 있다. 비싼 것보다는 자신이 좋아할 만한 것을 오래 고민한 흔적이 보이는 선물을 받고 싶다고. 왜냐하면 아내가 그런 선물을 잘 고르기 때문이다. 예를 들어 작년 6월 아버지의 날(Father's Day)에 나는 디자인이 멋진 브래들리 타임피스 시계를 선물 받았다. 장애와 비장애의 경계를 없앤 것으로 유명해진 한국인 기업가 김형수 님이 개발한 이 시계는 시각장애인들이 촉각으로 시간을 알 수 있도록 만들었지만, 정안자들도 차고 다닐 수 있을 만큼 훌륭한 디자인을 자랑한다. 또 작년 크리스마스 선물로 나는 앤티크 라디오를 선물 받았는데, 이것이야말로 아내가 생각하는 선물의 정의를 잘 대변한다. 골동품 라디오처럼 생긴 이 나무 상자는 FM 라디오 모드와 블루투스 모드, 그리고 케이블을 연결해서 다른 오디오 시스템의 소리를 출력하는 기능까지 있는 정말 '쿨'한 기계다. 예스러운 모양은 옛것들을 좋아하는 나의 취향에 딱 맞고, 거기다 요즘 쓰는 아이폰이나 오디오북 플레이어 등을 연결할 수도 있는 아주 완벽한 선물이었다.

그래서 얼마 남지 않은 3월 결혼 기념 선물 아이디어에 더 신경이 쓰였다. 더구나 올해는 더 좋아지든 나빠지든, 부유하거나 가난하거나, 건강하거나 병들거나, 죽음이 우리를 갈라놓을 때까지 함께하겠다는 언약을 많은 증인과 하나님 앞에서 하며 결혼한 지 25년이 되는 해다. Serious pressure on!(심각한 압력의 시작!)

선물 고민을 1월 중순부터 했다. 이런 생각 저런 생각을 하다가 문득 25주년 결혼기념일을 은혼식이라고 부른다는 것을 기억해 냈다. 아, 은! 바로 그거다 싶었다. 은 동전을 25개 선물하면 되겠다며 안도의 한숨을 쉬었다. 그리고 은 동전을 판매하는 사이트를 찾기 시작했다. 현물 가격과 가장 가까운 값으로 은을 사는 것도 중요하지만, 무엇보다 믿을 만한 딜러를 찾아야 했다. 그래서 동료들에게 조언을 구하기도 했다. 그런데 이 기발한 아이디어를 망칠 사건이 다가오고 있을 줄 누가 알았을까?

나는 증권 분석 일을 하는 애널리스트다. 한 월가 회사의 자산운용팀에서 회사채 분석을 하고 있는데, 이 커리어를 시작한 지도 벌써 26년이 넘었다. 기업이 발행하는 증권, 즉 주식과 회사채를 분석하여 매입과 매각 결정을 하는 일을 그렇게 오래하면서 내가 얻게 된 노하우는 그리 복잡하지 않은 것들이다. 그중 하나, 너무 당연해서 꼭 기억할 필요도 없는 것은 투자는 오늘내일 일이 아니란 사실이다. 투자자들의 투자 기간은 몇 달도 아니고, 몇 주나 며칠은 더더욱 아니다. 적어도 몇 년 동안 그 기업의 성장률, 이윤율, 현금 흐름, 경영진의 능력과 정직함 등을 토대로 자금을 묶어 놓을 수 있는 것이 투자 아닌가. 그래서 한 레딧 커뮤니티에서 시작된 게임스톱(GameStop) 사건을 나는 투자 문제가 아니라고 생각했다.

처음엔 벌거벗은 임금님 이야기를 떠올리게 하는 사건으로 받아들였다. 게임스톱은 비디오게임을 판매하는 소매 체인점 회사다. 몇 년 전 아들 데이비드가 50달러짜리 게임스톱 카드를 선물로 받았는데, 아직 20달러 이상의 잔액이 남아 있다. 비디오게임을 좋아하는 아들의 말로는 살 것이 별로 없는 가게란다. 코로나 사태 전에도 이런 평가를 받던 기업의 주가가 며칠 새 2억 달러에서 300억 달러까지 치솟은 이유는 쇼트 스퀴즈(short squeeze, 공매도를 한 투자자가 주가 상승을 우려해 다시 그 주식을 매수하는 것)를 노린 개인 투자자들의 전략 때문이었다. 그들이 게임스톱 주식을 계속 매입하여 주가를 올리면, 대량의 게임스톱 주식을 공매도한 월가 헤지펀드들 역시 지속되는 손실을 막기 위해 주식을 매입해야 한다. 그러면 주가는 더욱더 상승하게 되는 것이다. 만일 옷을 전혀 입지 않은 임금의 옷차림에 대해 큰 무리가 계속 칭송을 한다면 임금의 벌거벗은 현실은 영원히 가려질 수도 있다. 임금님의 벌거벗은 사실을 말할 용감한 아이가 나타나지 않을 수도 있으니까.

하지만 쇼트 스퀴즈는 다르다. 공매도를 한 기관이 빠져나가면, 그 주식을 지원하는 무리가 아무리 크다고 해도 기관의 매입 압력은 사라질 것이다. 그렇다면 성장 가능성은커녕 생존마저 위협받는 기업의 주식이 높은 가치를 계속 유지할 리 없다. 나는 언젠가는 게임스톱의 주가도 현실적인 수준으로 떨어질 것이라 확신했고, 큰 손실을 경험하게 될 개인 투자자들을 걱정하지 않을 수 없었다.

그런데 이들의 다음 쇼트 스퀴즈 대상이 은이 될 거란 소문이 돌기 시작했다. 아니나 다를까, 2월 초 은값이 약 10% 올랐다. 나는 값이 더 오를 것을 대비해 아내의 은혼식 선물을 빨리 사야 하나, 아니면 은값이 다시 떨어질 수도 있으니 좀 더 기다려야 하나 고민하기 시작했다. 그러다가 아내에게 이 상황을 설명하게 되었다. 그런데 아내는 아주 단호하게 "난 은은 싫어."라고 말했다.

"아니 왜?"
"은은 변하잖아. 색이 변하는 금속을 은혼식 선물로 받을 수는 없지."

아내는 우리가 오래전 했던 언약, 영영 변치 않겠다는 언약을 나에게 다시 한번 상기해 줬다. 투자가 장기라면, 사랑은 영원이다. 이런 가슴 뭉클한 말을 들으면서, 나는 하늘이 우리에게 정해 준 삶이 꼭 40년만 더 했으면 하는 생각을 했다. 65주년 기념 선물은 블루 사파이어란다. 아내가 가장 좋아하는 보석이다.

쓸데없는 근심의 씨앗이 되지 않기를

상상력 Imagination

미국에서 코로나바이러스 감염 추세가 두 번째로 심해지던 2020년 7월, 우리 가족은 이사를 결정했다. 우리가 살던 집의 높은 세금과 관리 비용이 부담되었기 때문이다. 게다가 예진이가 대학으로 떠날 날이 얼마 남지 않았고, 3년 뒤면 아들 데이비드도 집을 떠날 것이다. 이런 우울한 생각을 하며, 침실이 네 개나 되는 큰 집은 우리에게 더 이상 필요하지 않다고 결론지었다. 그래서 7년쯤 살았던 단독주택을 팔고, 작지만 살기 편한 타운하우스로 이사하기로 했다.

집을 팔 때 시(市)의 규칙에 따라 꼭 해야 하는 일이 있다. 집 안 곳곳에 있는 여섯 개의 화재경보기와 일산화탄소 탐지기, 소화기 등을 바뀐 규칙에 맞춰 새로운 모델로 교체하는 일이다. 이 일을 만 열다섯 살이 된 아들 데이비드에게 맡겼다. 천장의 경보기와 탐지기들을 다 뜯어내고 새로운 장치들을 설치할 수 있을 만큼 아이가 성장한 것이다. 2년 전에 크리스마스 선물로 받은 도구 박스와 전기 드릴을 갖고 다니며, 원래 아빠가 해야 하는 일을 아들은 군말 없이 했다. 그 후 집을 방문한 건물 검사관은 이렇게 말했다. 설치는 잘했는데 우리가 구입한 장치들이 규칙에 맞지 않는 것들이라고. 그래서 아들은 했던 일을 다시 한번 더 해야 했다. 이 역시 아빠가 할 일이었는데.

아내는 자신이 임신한 아기가 아들이란 사실을 알았을 때, 모터사이클에 대한 걱정을 했다. 아기가 커서 모터사이클을 타겠다고 하면 어떻게 해야 할까? 그것이 아들 데이비드를 향한 엄마의 첫 걱정이었다. 너무 앞서간다며, 또 겁 많은 아빠를 닮았다면 모터사이클에는 관심도 없을 거라며, 나는 아내를 안심시켰다. 하지만 나에게도 boy, son, 아들이라는 말에 불쑥 근심거리가 떠올랐다. 남자아이가 올바르게 성장하는데 꼭 필요한 아버지의 역할이 매우 부담스럽게 다가온 것이다. 아들의 아빠, 아버지라는 자리를 더 무겁게 만든 것은 물론 나의 시각장애였다.

서울맹학교 시절, 나에게는 존경하는 선생님들이 몇 분 계셨다. 그중 한 분, 시각장애인 선생님께서 쓰신 글을 읽은 적 이 있다. 어린 자식에 대해 쓴 한 문장을 나는 오랫동안 마음 속에 간직하고 있었다. 부모가 장애인이라는 이유로 동네 아이들에게 놀림당하고 싸우는 것도 모자라, 결국 맞고 들어온 아들을 안아 주면서 이런 생각을 했다고 쓰셨다. "장님 주제에 무슨 욕심이 있어서, 자식까지 이렇게 아프게 했나?" 선생님 글의 주 메시지는 기억나지 않지만, 장애인으로서 자녀를 원하는 일이 욕심일 수 있단 생각, 그리고 내 아이가 나의 장애 때문에 불이익을 당하거나, 더 무거운 짐을 질 수 있단 생각을 하면서 살았다. 그래서 곧 태어날 아이를 향한 마음이 아주 편하지 않았다.

아들 데이비드는 말도 웃음도 유난히 많은 아이였다. 너무 많이 웃으면 늘 딸꾹질을 했는데, 엄마 배 속에 있을 때부터 아주 자주 딸꾹질을 했다. 우리는 아들이 태어나기 전부터 엄마와 아빠의 말을 들으며 많이 웃었을 거라 생각했다.

그렇게 명랑하고 해맑던 아이가 여섯 살 때쯤 바닷가만 가면 이상한 행동을 하기 시작했다. 내가 바닷물 쪽으로 걸어가기만 해도, 물속에서 신나게 놀던 아이가 물 밖으로 뛰어나와 내 손을 잡아끌며, 아빠는 의자에 앉아 있어야 한다고 했다. 처음엔 그냥 앞을 못 보는 아빠가 파도치는 물속에 들어오는 게 걱정되어 그랬을 거라고 생각했다. 그런데 내가 다른 어른과 같이, 예를 들어 아내와 같이 물 쪽으로 걸어가도 데이비드는 막무가내로 나를 막고 나섰다.

몇 번 그런 경험을 한 뒤, 나는 아이를 안심시키기 위해 수영 대회에서 동메달을 땄던 얘기를 해 주었다. 고등학교 시절, 패럴림픽 선수 선발전에 나갔던 얘기였다. 당시 나는 수영 선수로서 패럴림픽에 참가할 수 있을 거란 생각은 전혀 하지 못했다. 수영을 배우기는 했지만 실력이 형편없었기 때문이다. 그래도 한번 나가 보라는 선생님의 권유로 뉴저지 선발전에 나갔다. 거기서 내가 동메달을 딸 수 있었던 이유는 나를 포함해 선수가 단 세 명뿐이었기 때문이다. 물론 이 디테일은 빼고, 데이비드에게 아빠도 수영을 잘할 수 있다고 말해 주었다.

아이의 반응은 뜻밖이었다. 아빠가 물에서 정신을 잃은 꿈을 꾸었다고 했다. "No one else around, you were so heavy. I could not pull you out; you were drowning." 다른 사람들도 없고, 아빠는 너무 무거웠고, 아빠가 물에 빠져 죽어 가는 것을 보면서도 자신의 힘으로는 도저히 끌어낼 수 없는 악몽을 설명하면서, 아들은 정말 그런 경험을 한 것처럼 울었다. 이것이 나의 장애와 상관이 없다고 고집할 수 없으리라. 아직 어렸지만 아빠의 안전을 자신이 책임져야 할지도 모른다는 염려가 아이를 압박한 모양이었다. 그날 이후 항상 아이에게 미안한 마음을 갖고 살아왔다.

그런데 아들이 집안일을 해 준 지 얼마 되지 않아, 아이와 우연히 친구에 대한 얘기를 하게 되었다. 데이비드에게는 절친한 친구가 셋 있다. 다들 이민자들의 아들인데, 아이들의 부모들은 각각 이탈리아에서, 영국에서, 그리고 한국에서 온 사람들이다. 10학년이 되었는데도 아이들은 기회만 있으면 같이 모여 놀고, 주말엔 온라인으로도 몇 시간씩 게임을 한다. 나는 문득 그 아이들 중에서도 데이비드와 가장 친한 BFF(Best Friend Forever, 절친)가 있는지 궁금해졌다.

아빠: 근데 누구랑 제일 친해?

아들: 다 비슷한 것 같은데.

아빠: 마음을 터놓고 깊은 대화를 하는 친구가 있어?

아들: 깊은 대화? 예를 들어서 뭐?

아빠: 음, 예를 들어, 시각장애인 아빠에 대해서?

데이비드는 드디어 기회가 왔다는 태도로 나에게 말했다. 다른 아이들이 경험하는 문제들에 비하면 시각장애인 아빠는 문제도 아니라고 했다. 예를 들어, 이혼한 부모가 둘 다 재혼하면서 여러 이복형제가 생긴 친구, 엄마나 아빠만 같은 동생들을 갖게 된 친구 얘기를 해 주었다. 또 부모의 기대치가 너무 높아서 힘들어하는 친구, 그리고 형과의 관계가 몹시 어려운 친구의 얘기도. 그러면서 아들은 이렇게 말했다. 공놀이도 같이 못 하고, 낚시도 같이 못 가고, 자질구레한 집 안 수리 등도 못 해서 내가 그동안 미안하단 말을 자주 했는데, 이젠 그만하라고. 자기 말도 잘 들어 주고, 의미 있는 대화도 많이 나누고, 『해리 포터』나 『헝거 게임』 같은 책 시리즈를 같이 읽으며 토론도 해 주는 아빠는 아주 드물다면서.

갑자기 울컥했다. 나도 모르게 눈가에 맺힌 촉촉함을 아들은 봤을까?

장애인을 학생으로, 직원으로, 친구로, 심지어 배우자로 선택할 수는 있어도, 친부모나 친자식으로 선택할 수는 없다. 장애인 자녀가 있는 부모들의 생각과 마음, 노력 등은 어느 정도 나도 안다. 나의 부모님, 친구들의 부모님, 또 가끔 조언을 받으려고 나에게 연락해 오는 다른 아이들의 부모님이 있었기에. 하지만 장애인 부모를 둔 자녀들의 세계를 짐작하는 것은 대체로 상상력에서 비롯됐던 것 같다. 나의 선택과는 전혀 관계없이, 장애인 부모를 두게 되었다면 과연 나의 삶은 어떠했을까 하는 상상.

아이와 대화하던 중에 나는 깨달았다. 아이들의 세계는 부모나 환경, 현실 등을 초월한다는 것을. 따라서 부모가 걱정하는 이유로 아이들이 불행하거나, 부모가 만족스럽게 생각하는 것들로 행복하지 않을 수 있다는 것도. 나의 아이지만 그는 하나의 독특한 인격체다. 그의 경험과 생각만이 그의 개인 세계를 형성한다. 결국, 나는 쓸데없는 근심, 죄책감, 미안한 마음을 안고 살아온 것이다. 마찬가지로 아내가 상상했던 '모터사이클맨'도 아직은 나타나지 않았다. 상상력은 일반적으로는 좋은 것이지만, 이렇게 도를 넘으면 삶에 불필요한 짐을 만들기도 하는 것이다.

오늘의 행복은 어디서 올까

관점 Perspectives

내가 재택근무를, 아이들이 온라인 수업을 시작한 지 두 달이 됐을 때쯤 아내가 문득 이런 말을 했다. "아, 도대체 언제까지 이렇게 살아야 하는 거야?" 다행히 내겐 1년 넘게 앞날을 보는 수정 구슬이 없었기에, 그때가 그저 시작이었을 뿐이란 말은 해 주지 못했다.

온라인 수업 일정 때문에 점심 식사는 꼭 11시 45분에 차려야 했고, 이렇게 식사를 끝내면 아내는 식탁을 치우고 설거지하며 저녁 메뉴를 또 생각해야 했다. 외부 사람들과의 만남은 불가능했다. 매일 2만여 명의 확진자가 미국 전역에서 나왔고, 사망자 수가 1000명 아래로 떨어지는 날도 아주 드물었다. 경제를 다시 여는 문제로 정치인들은 다투기에 바빴다. 상황이 나아지고 있는지 회복되고 있는지 속시원하게 말해 주는 지도자도 없었다. 계속 이러다가는 늦가을에서 초겨울이 될 때쯤 다시 상황이 심각해질지도 모르고, 사람들은 더욱더 움츠린 삶을 살아야 할지도 모른다.

아내는 한동안 식구들이 다 같이 집에서 생활하는 것이 좋다고 했었다. 어디 가서 뭘 하는지 걱정할 필요도 없고, 자신이 가장 사랑하는 식구들이 한 지붕 아래에서 각자 할 일 하면서 지내는 것도 좋다면서, 갑작스럽게 변해 버린 우리의 일상을 감사했었다. 하지만 아내는 성격이 활달하고 사회성이 강한 사람이다. 아무리 가족들과 함께하는 생활이 좋다 해도, 그것만 오래 지속되는 현실에 만족할 사람이 아니다. 사실 별 불평 없이 두 달이나 견딘 것이 놀라웠다.

나는 아내의 스토리를 잘 안다. 그래서 그날 산책을 하는 동안, 아내에게 그 얘기를 다시 하도록 유도했다. 아내가 옛날 얘기할 때마다 되풀이했던 그 한마디, 아무리 오늘 하늘이 먹구름으로 꽉 차 있어도 맑고 푸른 하늘을 기대하게 해 주는 그 한마디를 듣고 싶었기 때문이다. 그 이야기를 한 번 더 하게 되면 아내의 불안감도 가라앉을 것 같았다. 그래서 이렇게 말을 꺼냈다. “유학 생활 하면서도 아주 답답했다면서?”

아내는 만 열여섯 살 때 한국을 떠났다고 했다. 1980년대에

브라질에 이민 간 많은 가족 중 하나였던 것이다. 그때부터 아내는 평생 들어 보지도 못했던 포르투갈어로 공부를 해야 했고, 종일 일하고 와서 밥, 빨래, 청소까지 도맡아 하는 어머니를 위해 집안일을 도와야 했다. 아무리 공부를 잘해도 한국인들이 브라질 주류 사회에 진출하기 어렵다는 현실을 알게 된 아내는 미국 유학을 꿈꾸기 시작했고, 드디어 1989년에 혼자 유학길에 올랐다. 아내가 부모님께 부탁했던 건 첫 학기 등록금과 한 달 치 생활비뿐이었다고 한다.

미국에 도착하자마자 아내는 생활비와 앞으로의 학비를 벌기 위해 아르바이트를 시작했다. 평생 써 본 적도 없는 상점의 금전 등록기가 손에 익숙했을 리 없었기에 일하면서 익히려고 애썼다. 서툰 영어에 물건 이름과 가격 외우기도 힘들었고, 고객들의 간단한 말을 잘못 이해해서 실수한 적도 많았다. 어떤 가게에서는 하루 일하고 그만두라는 말도 들었지만, 아르바이트를 중단할 여유 따위는 없었다. 식사를 제공하는 뉴욕 델리에서 일하면서 식비를 아끼기도 했다. 주말과 방학 동안에는 하루에 12시간씩 일을 해야 했다.

음대에서 공부한 아내의 주변에는, 소위 말하는 FM(Father Mother) 장학금을 받으면서, 좋은 차 몰고 비싼 식당 드나들며, 외국 공연 여행을 다니는 친구들이 많았다. 그런데도 아내는 한 번도 자신의 처지를 부끄럽다거나 속상해하지 않았다고 한다. 스스로 불행하단 생각은 더욱이 하지 않았다. 그 이유는 하나였다. 그때의 일상이 그녀에게 지속될 삶이 아니라고 확신했기 때문이다.

"이게 다가 아니야. 이게 내 평생은 아닐 거야."

아내는 그런 말로 자신을 격려하며 언젠가 오게 될 밝은 미래를 계획했다. 아내의 회상이 거기까지 갔을 때쯤, 아내의 목소리는 다시 안정이 돌아왔고, 나는 더 빨라진 아내의 발걸음을 맞추느라 힘이 들었다. 왜 꼭 언덕길만 골라서 산책을 하는지…….

내가 아내를 사랑하는 이유는 많다. 무엇보다 아내를 존경하는 마음은 그녀의 멋진 삶의 관점에서 비롯된다. 어려운 경제 사정을 부끄러워하지 않고 자신의 힘으로 꿋꿋하게 꿈을 추구하며, 장애 아동을 돌보는 봉사활동까지 열심히 했던 아내. 아내는 그런 이십 대의 삶을 고생이라고 생각하지 않는다. 어쩌면 그런 삶을 계속 되풀이되기만 하는 오늘과 내일로, 끝이 보이지 않는 어두운 터널 속을 걷는 현실로 여기는 사람도 있으리라. 아내를 잘 아는 교회 어르신 중 한 분은 그녀가 빛도 못 보는 시각장애인과 결혼할 거라는 소식을 듣고 이렇게 말했다고 한다. "근주답다."

그런 아내였지만 집이라는 한정된 공간에서 같은 사람들 얼굴만 보며 식사와 빨래, 청소 등의 노동만을 두 달 이상 하다 보니, 터널 끝을 보지 못하는 근시안 증상이 잠시 왔던 것 같다. 그 증상은 내가 땀을 흘리며 숨을 몰아쉴 때쯤 아내의 목소리에서 사라졌다. 그래도 더 천천히 걷자거나 그만 집으로 가자는 말은 할 수 없다. 'Death before dishonor.(불명예보단 죽음을.)'

장애 때문에 아주 힘들었던 스토리를 원하는 기자분들을 만난 적이 있다. 유색인종이라서, 장애인이라서, 혹은 외국인이라서 겪은 차별에 대해 말해 달라는 인터뷰 질문도 받아 봤다. 그러나 누구에게도 큰 관심을 끌 만한 답, 독자들이 강하게 공감할 만한 이야기나 분노를 느낄 만한 에피소드를 나눠줄 순 없었다. 그런 경험이 없어서가 아니다. 그런 경험을 받아들이는 관점이 달랐기에 내게는 그렇게 거창한, 신문에 낼 만한 스토리가 드물었을 뿐이다.

장애인이라서 힘든 경험이 왜 없었을까? 낯선 곳에 별 준비 없이 혼자 가야 할 때, 즉시 읽고 분석해야 하는 자료가 인쇄물로만 제공될 때, 나의 장애 때문에 주위 사람들이 번거롭거나 힘든 일을 해야 할 때, 나를 별로 좋아하지 않는 이들의 태도가 나의 장애나 외모 혹은 인종 차이에서 비롯된 것 같다는 의심이 들 때 등등.

행복한 오늘을 위해 필요한 건 이런 상황들을 해석하는 관점이다. 현실적인 이해, 감사하는 마음, 긍정적인 해석 같은 것들 말이다.

예를 들어, 낯선 길이나 인쇄물이 가져다주는 불편을 더 크게 받아들이지 않는 게 중요하다. 길은 익히면 되고, 다시 가지 않을 곳이라면 누군가의 안내를 받는 것도 괜찮다. 내가 운전을 할 수 없어서 아내가 장거리 운전을 혼자 할 때면, 그저 그녀에게 감사하는 마음을 갖고, 힘이 덜 들게 옆에서 놀아 주거나 쉬어 갈 방법을 만들어 주는 데에 신경을 더 쓴다. 속상한 마음에, 미안함을 참지 못해 오히려 아내에게 화를 내는 것보다 말이다.(나에게 보내는 NOTE: 장거리 운전 중, 옆에 앉아 코를 골며 자면 절대 안 된다.) 그리고 나를 차별대우하는 것 같은 이들에게는 최고로 긍정적인, 가장 친절한 해석으로 그들의 말과 행동을 받아들이려고 노력한다. '뭐, 기분 나쁜 일이 있었나 보다.' 하고 말이다.

투자를 권하는 전문가들에게서 가끔 듣는 말이 있다. "불확실함이 좀 줄어든 후에." "미래가 좀 더 투명해지면." 그러나 미래는 언제나 투명하지 않다. 사실 다른 이의 마음이나 동기도 투명하지 않고, 나 자신의 마음도 완전히 이해하지 못한다. 그럼에도 내가 행복할 수 있었던 이유는 내가 선택한 관점, 어떻게 보면 지극히 이기적인 관점 때문이었다. 현실을 부인하는 것 같기도 하지만, 나를 위해 훨씬 더 유리한 이 관점은 내가 추구해야 하는 유일한 이기심이다. 나와 주위 사람들의 행복을 더해 주기 때문이다.

나머지는 배경 음악일 뿐

2020년 5월 중순 어느 날, 아내 그레이스가 나에게 쓰러지듯 안기며 말했다. "여보, 예신이가 죽을 것 같아."

아내에게는 친자매보다 더 애틋한 친구 둘이 있다. 그중 하나, 아내와 가장 절친했던 예신 씨가 위독하단 소식을 한국에서 전해 온 것이었다. 올 것이 왔단 생각보다는 너무 불공평하단 생각이 앞섰다. 그레이스는 애통한 마음을 어쩔 줄 몰라 했다.

중학교 때에 친구가 된 셋은 사실 그중 두 명, 그레이스와 미현이 고등학교 때 이민을 가는 바람에 오랫동안 같이 시간을 보내며 우정을 키우진 못했다. 그럼에도 그들은 계속 연락하며 서로를 그리워했다. 누구도 서로의 결혼식에 가 본 적 없고, 출산 직후 찾아간 적도 많지 않지만, 이들은 때로 남편들의 질투를 살 정도로 친하고 서로에게 전념할 때가 있었다. 예를 들어, 나와 아내가 한국에 올 때면, 시간이 아무리 늦어도 예신 씨는 그날 꼭 우리가 있는 곳으로 찾아와 아내를 봐야 했다. 아내 역시 오랜 비행기 여행으로 지쳐 있어도 도착하는 그날에 예신 씨를 만나고 나서야 짐을 풀고 쉴 수 있었다. 무슨 이유로 한국에 가든 상관없이 아내에게 한국 방문의 의미는 예신 씨를 만나는 데에 있는 것 같았다.

그리고 2017년 봄, 셋은 드디어 아주 오랫동안 꿈꾸던 여행을 할 수 있었다. 서울과 뉴욕에서 각각 날아온 친구들이 하와이에서 만나 같이 시간을 보낸 그 며칠은 그들 우정의 절정이었다. 그렇게 50세를 기념하며, 다음 삶의 이정표를 더 멋진 여행으로 기념하리라 계획했다. 남편들과 함께? 아니, 무슨 말. 남편들은 곰국 먹게 하고……. 나는 환갑 때쯤 줄기차게 곰국을 먹어야 할 것 같단 생각을 했었다.

예신 씨가 갑작스러운 뇌출혈로 쓰러졌단 소식을 처음 들은 것은 2017년 11월이었다. 그 후 2년 반 동안 의식을 회복하지 못했던 그녀의 소식은 남편 병석 씨를 통해 종종 듣고 있었다. 상태가 안정되고 천천히 나아지고 있단 소식을 들으며, 항상 그녀의 의식이 돌아오기만을 기다렸다. 한쪽 눈이라도 깜박거려 의사표시를 할 수 있기를, 한 손의 근육이라도 살아나서 긍정과 부정의 대답을 할 수 있기를, 우리는 기도했다.

그랬기에 갑자기 위독해졌단 소식은 충격이었다. 그리고 몇 시간 후, 아내에게 가장 소중했던 친구가 먼저 하늘나라로 갔단 소식을 들었을 때, 내게 즉시 떠오른 생각은 "She loved much; she was loved. All else was background music.(많이 사랑했고, 사랑받았지. 나머지는 다 배경 음악일 뿐.)"이었다. 그와 비슷한 생각을 언제부턴가 자주 하곤 했었기 때문이다.

여러 지인과 내가 운영해 온 비영리단체 야나(YANA) 미니스트리는 여름이 되면 단기 선교팀을 한국에 보낸다. 10년 동안 우리와 같이 일해 온 동명아동복지센터에 팀을 보내, 그곳에서 생활하고 있는 아이들을 위해 여름에 영어 성경학교를 연다. 그뿐만 아니라, 센터의 중·고등학생들과 함께 전남 해남과 같은 지방에 사는 아이들을 찾아가서 똑같은 프로그램을 진행한다. 2020년엔 코로나 때문에 진행할 수 없었지만, 2008년부터 12년간 매년 야나 팀이 여름마다 한국으로 떠났었다. 그리고 몇 년 전부터는 우리가 여름마다 하는 일이 또 하나 생겼다. 미국으로 오는 야나 유학생들을 환영하는 것이다. 그렇게 오게 된 유학생이 벌써 일곱 명이다.

이 일을 해 오면서 우리가 절실하게 느끼고 배운 점이 하나 있다. 한국 방문 단기 선교나 아이들과 선생님들을 미국으로 초청하는 '플라잉 해피니스(flying happiness)' 비전여행은 2주 정도 같이 생활하면서 그들에게 사랑을 충분히 베풀면 되는 일이지만, 유학은 훨씬 더 큰 사랑과 인내, 희생이 필요하다는 사실을 경험을 통해 알게 된 것이다. 적어도 3년에서 6년 혹은 더 오래 함께하면서 청소년을 양육하고 대학생들을 지원하고 도와야 하는 일이다.

솔직히 말하면 시작하기 전부터 이 일이 어려울 거라고 짐작했었다. 보육원에서 살던 아이들이 '빨강 머리 앤'이나 '폴리아나'처럼 주위 사람들을 더 밝고 행복하게 해 주지 않을 거란 현실도 알고 있었다. 부모와 못 살게 된 아이들, 그래서 아픔이 큰 아이들의 마음을 우리의 사랑으로 치유해 주겠다는 결심까지 했었다. 우리의 오산은 우리의 사랑이 얼마나 작은지 몰랐던 데에서 비롯됐다.

주어진 유학 기회에 너무 감사해서 공부에 열심을 쏟는 기적은 바라지도 않았다. 아이들은 숙제를 겨우 해 갈까 말까 하면서, 나머지 시간은 한국 드라마, 유튜브, 카카오톡 등에 열중했다. 할 일을 다 하기 전에는 스마트폰을 쓰지 말라는 말에 반항하며 왜 보육원 선생님들도 안 하던 간섭을 하느냐고 불평했다. 안방을 내주었지만, 나이 어린 동생과 같이 생활하는 것이 못마땅해 짜증을 부리기도 했다. 너무 뻔한 거짓말도 자주 했다. 결국, 우리는 지극히 전형적인 청소년들과 철이 아직 덜 든 고등학교 졸업생들을 데려다 키우고 교육하게 된 것이었다.

아이를 양육한다는 게 얼마나 힘든 일이던가? 유난히 키우기 힘든 자녀를 아기 때부터 키웠다면 미운 정이라도 듬뿍 들었을 것이다. 그러나 야나 유학생들과의 생활은 호스트 부모의 결심만으로 시작된다. 그리고 곧 인간의 결심이라는 것이 얼마나 힘이 없는지 자주 깨달으며 자신에게 크게 실망하게 된다.

내분비학 분야에서 명성을 높인 한 여성 전문의가 자신의 삶을 돌아보며 결론지은 말을 언젠가 들었다. "나는 사랑했고 사랑받았다. 그 외에 모든 것은 다 배경 음악일 뿐이었다."

이 말이 유학생을 돕기로 결심했던 우리에게 큰 힘이 되었다. 우리가 배경 음악에 더 신경을 썼던 사실을 새삼스럽게 알게 된 것이다. 사실 배경 음악도 못 되는 소음에 시간과 노력, 감정을 투자했었다. 상상치 못했던, 아무리 생각해도 상식에 어긋나는 말, 예를 들어 F 학점을 거듭 받으면서도 떳떳하게 "나에게 쓰는 돈이 아까워요?"라면서 대드는 대학생의 태도는 무시하기 어려운 배경 음악이었다. 또 "대학도 안 갈 건데 공부는 왜 자꾸 하라고 해요?" 하며 투덜거리는 철부지의 불평도 배경 음악이었다. 이들을 진정으로 사랑하기 위해서는 내 성질을 죽여야 한다는 생각을 했다. 부모의 잔소리를 듣고 크지 않은 그 아이들의 입장을 이해하려면 나의 입술을 꾹 깨물어야 한단 생각도 했다. 끝까지 함께하는 사랑을 하기 위해서.

예신 씨가 떠났다는 말을 들은 순간 나는 무엇보다 그녀의 사랑과 베풂을 떠올렸다. 판화가로서 그녀는 작품에도 충실했지만, 학생들을 양성하는 데도 열정을 다했다. 공부를 실컷 하고 싶어 하는 자녀들에게 시간과 지원을 아끼지 않았고, 친구들과 그 가족에게도 기회가 있을 때마다 미안할 정도로 베풀었다. 얼굴도 한 번 본 적 없는 우리 딸 예진이에게까지 때맞춰 가방이나 옷 같은 선물을 보내 주었다. 아무리 생각해도 받은 것보다 더 많이 베푼 그녀였다. 만약, 한쪽 편에는 베푼 것들을 측정하고 반대편에는 받은 것들을 측정하는 저울이 있다면, 예신 씨의 삶은 베푼 쪽으로 크게 기울 거라고 확신한다. 그런 사람이 세상을 너무 일찍 떠났다는 사실이 아주 불공평하게 느껴졌다.

언젠가 이런 제안을 들었다. 나의 장례식을 상상하면서 가족, 동료, 같은 커뮤니티 사람들이 나라는 사람에 대해 어떤 말을 해 주기를 소망하는지 한번 생각해 보라고. 그러한 소망에 맞는 삶을 선택하라는 제안이었다. 처음부터 끝까지 사랑으로 보듬어 안는 삶을 살고 싶었지만, 항상 난 자신이 없었다. 그러나 아내에게 제일 소중했던 친구의 삶을 마음으로 기리며 다시 한번 노력하기로 마음먹었다. 누구보다 나 자신을 잘 알기에 자신이 없지만, 그래도 한 번 사는 인생 아니던가?

사랑하고, 사랑받으며, 다른 모든 것들은 배경 음악으로, 혹은 소음으로 받아들이자. 할 수 있다. 1년에 몇 번씩 마라톤을 뛰는 사람들도 있지 않은가.

포기를 거부한 이에게 찾아오다

행운 Luck

하루에 3시간 반이 걸리던, 때로는 피곤이나 짜증으로 하루를 시작하거나 끝냈던 출퇴근이 30여 발짝 앞으로 변한 지도 벌써 1년이 넘었다. 내가 뉴욕시 다운타운, 911 기념관 앞에 자리 잡은 회사 빌딩에서 마지막으로 근무한 것은 2020년 3월 6일 금요일이었다. 회사는 코로나바이러스 감염에서 직원들을 보호하기 위해 사회적 거리 두기 정책을 결정했고, 우리 자산운용팀은 두 그룹으로 나뉘어졌다. 그다음 주부터, 그러니까 작년 3월 9일 월요일부터 두 그룹이 재택근무와 회사근무를 번갈아 하며 회사에서 근무하는 직원 수를 50% 줄이겠다는 취지였다. 그러나 일주일도 되지 않아 꼭 출근해야 하는 직원을 제외한 전 직원이 재택근무하는 쪽으로 결정을 바꾸었다. 그래서 전 직원 중 약 96%가 아직도 재택근무를 하고 있다. 아무리 빨라도 내가 사무실로 돌아가는 것은 올해 여름이나 초가을이 될 듯하다.

그렇다면 매우 짧아진 출퇴근 시간을 직원들은 어떻게 쓰고 있을까? 하루 일을 시작하고 끝내는 시간이 그리 달라지지 않은 사람도 많고, 출퇴근의 경계가 흐려져서 집에서 일을 하는 건지, 직장에서 사는 건지 잘 모르겠다는 동료들도 있다. 나는 투자나 경제를 주제로 하는 잡지의 오디오 버전(예를 들어 주간지《더 이코노미스트》)이나 팟캐스트를 듣는 것으로 여유 시간을 쓰곤 한다. 이 중 내가 가장 관심 있게 듣는 프로그램은《월스트리트 저널》과 김렛(Gimlet) 미디어가 공동 제작하는 '더 저널(The Journal)'이라는 팟캐스트다. 돈, 사업, 그리고 권력에 관한 이야기를 다루는 이 프로그램에서 나는 자주 새로운 것들을 배운다. 가끔은 삶에 도움이 되는 지혜도 얻는다.

2021년 3월 2일, '더 저널'은 세계에서 제일 큰 영화관 체인 회사인 AMC 엔터테인먼트와 그 회사의 대표이사 애덤 애런에 대해 다루었다. 팟캐스트를 통해 어떻게 개미 투자자들이 이 회사를 살리는 데 큰 도움을 주었는지 알게 되었다. 2021년 1월에 본격적으로 시작된 사건, 그러니까 게임스톱의 어마어마한 주가 상승으로 세상에 알려진 개미 투자자들의 혁명적

반격과 관련된 기업 중 하나가 바로 AMC였다. 코로나 때문에 영화관들이 오랫동안 문을 닫았다는 사실은 누구나 알 것이다. 큰 손실을 보게 된 AMC의 주식이 공매도 투자자들의 관점에서 안전했을 리 없었고, 따라서 게임스톱 주가를 150배 올린 월가 일반 투자자들의 힘이 AMC 주가에도 날개를 달아 주었다. 1월 마지막 주, AMC의 주식이 3배나 뛴 것이다.

나는 영화 보는 것을 별로 좋아하지 않는다. 화면을 볼 수 없기 때문이기도 하지만, 내 취향이 아내나 아이들과 너무 다르기 때문이기도 하다. 사랑 이야기나 뻔한 해피 엔딩을 좋아하는 사람은 우리 집에 나뿐이다. 아들은 애니메이션 영화를 즐기고, 아내와 딸은 추리 영화나 로맨스 코미디를 좋아한다. 그래도 코로나 전에는 한 달에 한두 번 정도 영화관에 가서 영화를 봤다. 선택권은 거의 아이들의 차지였다. 아빠가 보자는 영화를 본 것은 6년 동안 단 두 번뿐이었으니까.

우리가 사는 뉴저지 지역은 영화 관람 비용이 결코 싸지 않다. 표 값과 스낵 값을 합치면 한 명당 25달러에서 30달러가 든다. 콜라가 6달러라니? '왜 우리가 이런 돈을 내며 영화를 보나?' 하는 의문을 제기한 적이 한두 번이 아니다. 하지만 스타워즈나 마블 시리즈부터 가끔 상영하는 한국 영화들(예를 들어 「부산행」)까지 봐야 할 영화는 계속 나온다. 영화는 가장 쉽게 즐길 수 있는 가족 나들이기도 하다. 아내와 딸이 좋아하는 쇼핑이나 인기 있는 식당에서의 외식보다 저렴하기도 하고. 결국 나는 영화의 경제적 힘을 경험을 토대로 알고 있었다. 이미 비싼데도 계속 올라가는 영화표 가격을 받아들이는 소비자가 비단 나뿐이었을까.

지난 11개월 동안 AMC는 생존의 고비를 몇 번이나 넘겨야 했다. 매달 약 1억 달러의 현금 손실을 보면서, 기업의 현금 여유분이 6주에서 12주분 정도밖에 남지 않은 상황을 다섯 번이나 겪었다. 채권 시장에서 작년에 약 10억 달러를 조달할 수 있었으나, 그것이 지속될 거란 보장은 없었다. 채권자들은 파산을 권했다. 어떻게 보면 회사를 구하기 위해, 또다시 시작할 수 있는 길을 찾기 위해 파산이 더 현명한 선택이었을지도 모른다. 주주들은 투자액의 100%를 잃었겠지만.

애덤 애런은 주주들과 직원들도 다 같이 살 수 있는 길을 고집했고, 아주 드문 자금 조달 방법인 '시장가 매각(At the Market offering)'을 선택했다. ATM이라고 불리는 이 전략은 기업이 새로 발행한 주식을 현재 증시에서 거래되는 가격으로 파는 방법을 말한다. 코로나 타격으로 주가가 매우 낮았지만, 그는 싼값에 AMC 주식을 파는 것이 기업을 살리는 길이라고 생각했던 것이다. 처음엔 파산의 위기를 몇 번이나 넘긴 AMC의 주식을 살 투자자들이 없을 거라 주장하는 전문가들이 많았다. 하지만 첫 ATM에서 AMC는 9900만 달러를 얻을 수 있었고, 몇 번 더 같은 방법으로 자금 조달에 성공했다. 그런데 올해 1월, 개미 투자자들이 AMC를 지원하고 나섰다. 갑자기 뛴 주가 덕에 AMC는 6주 만에 약 10억 달러를 불리는 행운을 얻게 되었다. 파산의 유혹을 거부하고 ATM이라는 시스템을 준비해 놓았기 때문이었다.

성공에 행운이 필요하다는 것은 알고 있었다. 하지만 행운의 가능성을 높이는 방법을 알지는 못했다. 끈기를 갖고 포기하지 않는 것, 주위 사람들의 조언이나 참견에 흔들리지 않는 것, 다른 이들이 쓰지 않는 방법을 과감하게 쓰는 것, 최고로 많은 사람을 살리는 길을 선택하는 것. 이런 노력을 한 이에게 찾아온 행운을 보면서, 행운을 끌어들이는 방법을 배우게 됐다.

깜깜한
나의 세상을
밝혀 주는 것

얼마 전, 한국 뉴스 프로그램에서 매우 흥미로운 이야기 하나를 들었다. 코로나바이러스 감염자 중 감염 경로를 알 수 없는 환자들을 '깜깜이' 확진자라고 불렀다는 이야기였다. 그런데 시각장애인들이 '깜깜이'라는 단어에 대해 반발하고 있어서 그 단어를 쓰지 않겠다는 발표가 나왔단다.

그 뉴스를 듣다가 나도 모르게 웃고 말았다. 나와 같은 시각장애인들을 지칭하는 단어 중에는 사실 듣기 좋은 말이 거의 없다. 망한 사람이란 의미의 맹인부터 장님, 봉사, 소경 등 요즘은 거의 쓰이지 않는 단어들이 대부분이다. 그런데 깜깜이란 단어를 들었을 때 나는 곧바로 시각장애인과 연관시키지 못했다. 거의 44년이나 빛도 보지 못하는 생활을 해 왔지만, 나의 세계가 깜깜하단 생각은 해 본 적이 없기 때문이다. 만 아홉 살 때까지 세상을 본 적이 있어서 그런지, 눈을 뜨면 지금도 주위가 보이는 착각이 든다. 눈은 해야 할 일을 못 하지만, 시각령은 아직 어느 정도의 기능을 해서 그런 착각을 할 수 있다고 들었다.

그 뉴스를 듣고 나서 곰곰이 생각에 잠겼다. 아무리 주위가 보이는 착각에 사로잡혀 산다고 해도, 전보다는 더 어두워진 것 같단 느낌이 들었다. 아주 깜깜하지는 않으나 세상이 잿빛이 된 것을 의식하지 못하고 몇 달을 살았던 듯하다. 나 자신이 우울증이라고 생각한 적은 드물었지만, 혹시나 하는 생각이 드는 것도 사실이었다.

2020년은 여러 가지 이유로 기억에 남을 한 해가 될 것이다. 세상을 급속도로 바꿔 놓은 코로나바이러스의 영향을 받지 않은 사람이 아주 드물 듯하다. 그리고 계속되는 인종 차별 사건들과 시위 등은 점점 커져만 가는 미국인들의 분열을 세상에 명백하게 보여 주었다. 또 한국이나 미국 그리고 다른 여러 나라에서 일어난 정치 싸움은 가까웠던 가족이나 친구들, 혹은 신앙이 같은 이들까지 갈라놓는 현실을 일상으로 만들었다. 더구나 종일 쏟아져 들어오는 뉴스의 홍수를 통해 이런 일들을 접하다 보면, 화병이나 우울증을 피하기가 어렵다.

나에게는 또 하나, 마음으로 보는 세상을 잿빛으로 만든 일이 있었다. 2주 전쯤, 나의 동료 T가 회사를 떠난 것이다. 모든 동료들에게 보낸 이메일에서, 또 나와 주고받은 문자에서 그는 확실하게 말했다. 12년 넘게 가족처럼 같이 지냈던 팀을 떠나는 것이 자신의 선택은 아니었다고. 믿을 수가 없었다. 그는 훌륭한 능력을 지닌 애널리스트였다. 그뿐만 아니라 동료를 돕는 일에 항상 앞장서는 친절한 사람이었다. 비상시 우리 층에서 모든 사람이 잘 탈출했는지 확인하는 책임까지 맡은 사명감 있는 동료였다. 그가 회사를 떠나야 하는 사건에 우리는 매우 놀라고 의문을 가질 수밖에 없었다.

많은 사람들이 남은 자의 죄의식은 물론 어느 정도의 두려움도 느꼈을 것이다. T와 같은 애널리스트가 감원될 수 있다면 그럼 나도 안전하지 않을 거란 걱정을 할 수밖에 없지 않은가? 그때부터 나는 시도 때도 없이 한숨을 쉬고, 아내가 말을 걸어도 무심코 답하는 버릇이 생겼다. 요즘 같은 불황에, 적어도 네 식구의 생활을 책임지고 있는 나에게 비슷한 일이 일어나지 않을 거란 확신이 없었다. 걱정은 커져만 갔고, 올해 초부터 흐려졌던 나의 세상은 점점 더 어두워지고 있었다.

'깜깜이' 확진자 뉴스를 접한 뒤, 비로소 나는 매우 어두워진 나의 마음을 알 수 있었다. 무엇보다 그 어두움 속에 묻혀 있던 게 두려움이었단 사실도 새롭게 발견했다. 동료 T가 떠난 사건 때문에 내가 매우 놀라고 화가 난 건 알고 있었지만, 그것이 나를 매우 두렵게 했다는 사실은 그동안 인정하지 않고 있었던 거다. 그리고 더 기가 막힌 사실 하나도 부인할 수 없었다. 감원에 대한 불안감을 누구보다 갖지 말아야 하는 사람이 바로 나라는 사실이었다.

1998년 2월, 나는 뉴욕에 있는 JP모건사에서 애널리스트로 일하고 있었고, 결혼한 지 2년이 채 되지 않은 신혼 생활을 하고 있었다. 결혼 전에 나는 아내가 될 그레이스에게 분명히 말했었다. 모건사가 처음으로 고용한 시각장애인인 나의 일자리가 얼마나 오래갈지 모르겠다고. 그렇게 돌려서 한 말이 프러포즈임을 알았는지, 그레이스는 그 경고를 받아들였다. 우리가 하나님과 많은 증인 앞에서 선언한 결혼 언약에는 "부유하거나 가난하거나(richer or poorer)"란 말이 있었는데, 1998년 2월에 내 이름이 곧 단행될 모건사의 감원리스트에 올라가 있단 것을 알게 되었다. "가난하거나"가 생각보다 훨씬 일찍 우리에게 다가오고 있었던 것이다.

앞이 깜깜해지는 것이 무엇인지 그때 알았다. 결혼 초기에 그런 일을 당하다니? 나를 믿고 결혼이라는 모험을 시작했던 그레이스가 불쌍했다. 아직 낳지도 않은 우리 아이들에게도 미안하단 생각이 들었다. 게다가 영주권 수속을 모건사의 후원으로 진행하고 있었던 터라, 그 후원을 계속해 줄 고용주를 이른 시일 내에 찾지 못하면 나와 그레이스는 미국을 떠나야 하는 상황이었다.

아주 조심스럽게 아내에게 그 소식을 전했다. 6월 말까지 새 직장을 찾지 못하면 미국을 떠나야 할지도 모른다는 사실까지. 그때 아내는 나에게 일생을 바꿀 만한 말을 해 주었다. 내 이름을 리스트에 올린 사람은 확실히 큰 실수를 했고, 세상에는 나를 스카우트해 갈 고용주들이 많을 거라고. 또 언젠가 알게 되겠지만, 그것이 다른 사람이 나를 위해 내려 준 최고의 결정이 될 거라고도 말했다. 가장 가까운 사람이 해 주는 격려의 말처럼 자신감에 날개를 달아 주는 것도 드물다. 나는 4개월 만에 두 회사로부터 오퍼를 받았고, 내가 원했던 주식 애널리스트 자리와 73% 인상된 연봉을 주겠다는 브라운 브라더스 해리먼으로 직장을 옮길 수 있었다. 그런 경험을 했던 내가 친한 동료의 감원을 목격하면서 큰 불안감에 시달렸던 것이다. 왜 그랬을까?

팬데믹부터 회사 동료 T의 일까지, 내 마음에 두려움이 채워지면서 그만큼 사라진 것은 바로 감사였다. 내게 일어나는 모든 일에 감사하라는 책을 읽기도 했고, 한동안은 감사 일기를 쓴 적도 있다. 신앙은 내가 결코 혼자가 아님을 믿도록 동행하시는 하나님의 인도와 은혜를 믿는 것이다. 그래서 감사할 수 있다. 그걸 왜 한동안 잊었을까?

'깜깜이' 확진자 뉴스를 들은 뒤, 내 삶의 가장 컸던 위기를 제일 큰 기회로 만들어 주신 하나님께 드렸던 감사의 기도를 기억해 냈다. 그러면서 감사의 생활이 다시 시작됐다. 눈을 뜨고 있든 감고 있든, 나의 세상이 점점 밝아지는 것을 느낀다. 올 것은 무엇이든 와도 좋다. 삶을 파괴할 만한 대지진과 같은 일이라도 감사할 이유는 있을 거라 믿는다. 그 마음을 유지한다면 나의 세상은 결코 다시 어두워지지 않을 것이다.

죽음이 두려운 유일한 이유

하나됨 Oneness

사람들이 흔히 위험하다고 말하는 뉴욕 지하철을 26년간 타고 다녔지만, 내가 죽을 수도 있단 생각을 한 적은 없다. 항공권을 예약할 때면, 내가 선택한 날짜의 비행편 때문에 나나 내 가족이 아주 드문 통계, 그러니까 비행기 사고의 사망자가 될지도 모른다는 생각은 해 본 적이 있다. 그렇지만 죽음에 대해 심각하게 생각한 적은 몇 번 없었던 듯하다. 적어도 코로나가 세상에서 가장 자주 쓰이는 단어가 되기 전까지는.

팬데믹이 시작된 지 얼마 되지 않았을 때부터 나는 거의 매일 코로나 관련 데이터를 다운로드하기 시작했다. 각 나라에서 보고되는 확진자와 사망자 통계를 받아 나 나름대로 분석하는 일이 일상이 되었다. 병원을 운영하는 기업들, 의료보험

사, 의사/간호사 스태핑(staffing) 회사, 의료기구 회사, 제약 회사 등 각종 의료 분야 회사들의 채권을 분석하는 직업이다 보니, 꼭 해야 하는 일이 된 것이다. 매일 업데이트되는 데이터의 트렌드를 보면서 각 나라의 상황을 비교 분석하고, 곧 다가올 몇 주 동안의 이정표 등을 예상한다. 그리고 미국 각 주와 워싱턴 D.C의 트렌드도 자주 다운로드한다. 어느 지역 병원들이 직원이나 필수품이 부족하여 고생하게 될지 점검해야 하기 때문이다.

46번째 미국 대통령의 취임식이 있던 날, 나는 아침 일찍 다운로드한 데이터세트를 보면서, 내가 읽어 내려가고 있는 숫자들이 달러나 유로 등으로 된 기업 금융 자료나 증권 값이 아니라, 아직도 살아 있는 감염자들과 어제까지만 해도 살아 있었던 사람들의 숫자라는 사실을 다시 한번 생각했다.

무엇보다 40만이라는 숫자는 또 하나의 이정표가 됐다. 미국에서 코로나바이러스로 사망한 사람들이 40만 명이 넘은 것이다. 사망자가 30만 명이 넘은 지 꼭 36일 만에 다시 반갑지 않은 이정표를 찍게 됐고, 아직도 미국은 코로나 방역을 세계에서 가장 잘못해 온 나라라는 불명예에서 벗어나지 못하고 있다. 10개월 20일 만에 미국 인구 약 824명당 1명이 사망했다는 계산은 받아들이기 힘든 가혹한 현실이다.

같은 시기에 한국에서는 약 인구 4만 명당 1명이 같은 병으로 사망했다. 미국의 사망률 추세가 좀 늦춰진다 해도 올해 2월 말까지, 즉 미국에서 코비드-19(COVID-19)로 사람들이 사망하기 시작한 지 1년이 될 때쯤이면 사망자 수가 50만이 넘을 수도 있다.

죽음, 사망, 사별. 매일 사망자들 통계를 보게 되고, 가끔은 아는 사람들의 사망 소식을 듣게 되는 팬데믹 시기 이전에도, 나는 몇 번 죽음에 대해 심각하게 생각한 적이 있었다. 시력이 아주 희미해질 때쯤, 내가 만 아홉 살이 되던 해에 나는 텔레비전에서 아주 무서운 한 장면을 봤다. 높은 산에서 누군가가 사람을 떠밀어 굴러 떨어뜨리는, 그래서 결국 죽게 되는 장면. 그때부터 한동안 나는 죽음을 생각에서 떨치지 못하고 두려워했다. 갑작스러운 사고나 병으로 죽는 것도 두려웠지만, 누군가에게 살해당하는 건 나를 더 불안하게 했다.

그 뒤로 내가 죽음에 대해서 생각하며 매우 슬퍼한 것은 한 비행기 안에서 꾼 악몽 때문이었다. 결혼한 지 얼마 되지 않았을 때의 일이다. 오전 6시 비행기로 당일치기 출장을 떠났다가 돌아오는 길이었다. 약 6시간의 비행 끝에 몇몇 투자 회사를 방문한 뒤, 다시 돌아오는 밤 비행기에 몸을 실었다. 아침 6시 전에 도착하여 곧바로 출근을 해야 했기 때문이다. 매우 피곤한 모양이었는지 나는 이륙한 지 얼마 되지 않아 잠이 들었고, 내가 탄 비행기가 추락하는 꿈을 꾸었다. 비행기가 갑자기 고도를 잃고 땅으로 곤두박질하는, 영화를 보는 것보다 훨씬 더 현실적인 꿈이었다. 조종사의 긴급 방송 소리, 승무원들이 승객들에게 외치는 소리, 사람들의 비명, 울음소리…….

사실 나는 비슷한 꿈을 다른 비행기 안에서도 여러 번 꾸었었다. 그때는 비행 사고로 죽는 게 그렇게 두렵거나 슬프지 않았었다. 따지고 보면 죽음 자체가 그렇게 두렵거나 슬프지 않았다는 게 더 정확하다. 천국의 약속을 믿는 크리스천으로서 슬픔보다 기대감, 내 삶의 다음 챕터에 대한 희망이 있었기에, 예전에 꾸었던 죽음의 악몽은 특별히 기억에 남지 않았던 것이다.

그런데 당일치기 출장에서 돌아오던 그 날의 꿈은 정말 악몽이었다. 죽는 것이 두려워서가 아니다. 내가 세상에 더 이상 존재하지 않는다는 사실에 무척 슬퍼할 아내 생각이 났기 때문이다. 이래서 아들은 소용이 없다고 하나 보다. 틀림없이 부모님들도 매우 애통하게 울며 오랫동안 슬퍼하셨을 텐데, 즉시 떠오르는 사람은 아내였다. 표현할 수 없는 그레이스의 슬픔을 떠올리니 나의 가슴은 견딜 수 없이 아팠다.

만난 지 13개월 만에 결혼한 우리 부부는 당시 나름대로 행복한 신혼 생활을 하고 있었다. 처음 6개월 동안은 서로에게 익숙해지기 위해, 『어린 왕자』에 나오는 말처럼 서로에게 길들여지기 위해 많이 다투기도 했다. 서로의, 주로 나의 본색이 드러날 때면, 결혼을 너무 서두른 것 같다며 상대방의 마음을 아프게 하기도 했다. 하지만 결점을 받아들이며 실망과 눈물을 줄여 갔다. 그러니까 결혼 초기의 고생이 끝나고 달콤한 신혼 생활을 시작한 지 얼마 되지 않았는데 사별하여 슬프다기보다는, 아내가 나의 죽음을 너무 슬퍼해서 틀림없이 삶의 불구가 될 것 같단 생각 때문에 매우 슬펐던 것이다.

지금 생각해 보면 우습다. 아내는 틀림없이 얼마간 슬퍼하다가 남은 삶을 씩씩하게 살아갔을 테니까. 내가 그런 아내의 꿋꿋한 됨됨이를 좋아하지 않았었나? 내가 직장을 잃어도 자신이 먹여 살리겠다고 했던 아내였다. 그런 사람이 오랫동안 슬픔에 잠겨 있지는 않았을 것 같다. 세상을 원망하거나 삶을 포기하는 일은 더욱이 하지 않았으리라.

지금은 상황이 너무 달라졌다. 알게 된 지 25개월이 아니라, 같이 산 지 거의 25년이 되었다. 이런저런 얘기를 하며 오랫동안 먼 거리를 같이 걸어온 두 사람. 너무 익숙해져서, 길들여져서 두 사람이 한 세트처럼 된 지금, 그 반이 갑자기 사라져 버린다면 남은 이의 슬픔은 정말 표현하기 어려운 것이리라. 물론 남겨진 이는 두 아이를 혼자 책임지게 될 것이다. 아이들이 나와 하는 얘기는 엄마와 하는 얘기와 매우 다르다. 나와는 좀 더 심각한 얘기들, 예를 들어 옳고 그름에 대해, 앞날과 꿈에 대해 대화한다. 엄마와는 다른 모든 것들을 나누는 것 같다. 예를 들어 근래 대학에 간 딸과는 사랑할 사람을 알아보는 방법에 대해서…….

얼마 전 친한 친구의 남편이 갑자기 돌아가셨다는 소식을 접한 그레이스는 며칠 동안 매우 슬퍼하며 눈이 아플 정도로 많이 울었다. 그 후, 아내는 나에게 이런 말을 했다. 적어도 팔십까지는 같이 살아 달라고. 그 전에 혼자가 되면 정말 견딜 수 없을 거라고.

사랑으로 하나가 되는 삶. 이 결혼관을 나도 아내도 받아들였고 소망했다. 하지만 이런 삶에도 위험은 있다. 바로 같은 날, 하늘나라로 가는 것을 우리가 선택할 수 없다는 사실이다. 그리고 남겨지는 아이들에게, 특히 나이가 아직 어린 아이들에게 부모를 동시에 잃는 큰 충격을 줄 수는 없지 않은가?

아내의 부탁을 생각하며 나는 이렇게 기도한다. '하나됨'이 깨지는 슬픔을 감당할 준비가 되기 전까지는 같이 살게 해 달라고. 그리고 둘 중 그 슬픔을 더 잘 감당할 수 있는 사람의 품에서 다른 배우자가 세상을 떠나게 해 달라고. 무엇보다 아이들이 안정된 삶에 정착한 뒤에, 부모의 죽음을 견딜 만한 준비가 된 뒤에, 같은 날 혹은 비슷한 시기에, 우리 둘의 주소를 천국으로 옮길 수 있으면 가장 좋겠다고. 늘 그랬듯이, 나의 왼손이 아내의 오른 팔꿈치를 감싸며 우리의 마지막 산책길을 떠나는 것만큼 큰 축복은 없으리라.

포로수용소에서도 살아남는 비결

꿋꿋함 Fortitude

나는 책, 신문, 잡지, 팟캐스트 등 여러 채널을 통해 많은 이야기를 듣는다. 다른 이들의 다양한 스토리와 생각을 들을 수 있어서 좋다. 하지만 오랫동안 기억에 남는 스토리는 그리 많지 않다. 그런데 좀처럼 나의 머리와 마음속을 떠나지 않을 이야기 하나를, 미국 최고 인기 팟캐스트 '디스 아메리칸 라이프(This American Life)'에서 들었다.

걸가이드라는 단체는 미국이나 다른 여러 나라의 걸스카우트와 비슷하다. 이 걸가이드에 대한 책을 쓰기 위해 자료를 찾던 제이니(Janie Hampton)는 어느 날 런던에 있는 걸가이드 본부에서 작은 노트를 하나 발견하게 된다. 그것은 누군가 자신의 걸가이드 활동을 기록한 일기장이었다. 거기에는 한 여자아이의 일기장에서 흔히 읽을 수 있는 글이 실려 있었다. "오늘은 뛰어놀기, 매듭 만들기 등 재미있는 놀이를 많이 했다." 그러나 아이들이 어느 날 불렀다는 이 노래의 가사는 제이니로서는 도저히 이해할 수 없는 것이었다.

팀북투에 끌려갈 수도 있었고
(We might have been shipped to Timbuktu.)

칼라마주에 보내질 수도 있었어.
(We might have been shipped to Kalamazoo.)

귀환은 아니지만, 아직은 굶는 것도 아니야.
(It's not repatriation, nor is it yet starvation.)

그냥 즈푸에 수용된 것뿐이지.
(It's simply concentration in Chefoo.)

제이니는 이 이상한 노래 가사를 시작으로 상상을 초월하는 스토리를 알게 된다. 그 이야기는 일본이 진주만을 폭격했던 1941년 12월 7일 직후에 시작된다. 중국에 있는 한 외국인 학교를 일본 군인들이 점령했고, 미국이나 유럽 출신 학생들 150여 명과 그들의 선생님들이 즈푸에 있는 웨이셴 포로수용소에 감금된 것이다.

기숙사 생활을 하던 아이들이 이해할 수 없는 이유로 전쟁포로로 끌려가게 되자, 같이 감금된 선생님들은 한 가지 지혜로운 생각을 떠올린다. 아이들을 위해 책, 종이, 악기, 걸가이드 유니폼 등을 챙긴 것이다. 그리고 이것들을 이용해 아이들에게 거의 4년에 가까운 감금 생활을, 그 차가운 현실을 즐거운 추억이 많은 어린 시절로 만들어 주었다.

어떻게 그럴 수 있었을까? 그들은 계속 아이들에게 걸가이드가 해야 할 일을 시켰다. 하루에 적어도 한 번씩 착한 일을 하고 다른 사람들을 도우면, 걸가이드 공훈 배지를 딸 기회를 주었다. 그리고 걸가이드다운 예의범절을 계속 고집했다. 예를 들어, 가축에게 먹이는 옥수수죽 같은 음식을 비누 그릇이나 깡통에 담아 먹을 때도 식사 매너를 잊지 말라고 가르쳤다. 음식이 아무리 역겨워도 감사하는 마음으로 먹고, 입에 음식이 있을 때는 말을 하지 말라고 가르쳤다. 버킹엄 궁전에 사는 공주나 즈푸 포로수용소에 사는 그들이나 같은 식사 매너를 지켜야 한다고 가르쳤다.

수용소에서 해야 했던 노동 역시 게임으로 바꿔, 아이들이 고생이 아니라 경쟁심에 초점을 맞추도록 했다. 예를 들어, 겨울에는 군인들이 쓰다 남은 연탄 찌꺼기를 가져다 흙과 물 등을 섞어 그들만이 쓸 수 있는 연탄으로 만든 다음, 그것을 난로에 넣고 불을 지펴 추위를 견뎌야 했다. 그럴 때도 누가 만든 연탄이 제일 난로를 뜨겁게 하는지 측정해서 아이들에게 공훈 배지를 주었다. 미국 뉴저지에 사는 메리(Mary Previte)는 자신과 친구 마조리가 난로를 뜨겁게 하는 경기에서 자주 이기곤 했다면서, 당시 수용소 생활을 회상했다.

또 메리는 그들이 수용소에서 불렀던 많은 노래를 기억하며, 기자와 인터뷰 중 일곱 번이나 노래를 불러 주었다. 82세가 된 그녀는 제이니가 발견한 노래도 알고 있었다. 1942년 크리스마스에 그들이 지어 부른 노래라며 그 곡을 처음부터 끝까지 불렀다. 이처럼 그들은 많은 것을 노래로 표현하며 위로받았다. '하나님이 곁에 있다.' '하나님은 나의 피난처, 나의 힘' '무슨 일에도 두려워하지 않을 거야.' 등의 메시지를 항상 노래로 불렀다. '나는 안전하다.'라는 생각을 마음속에 새기고 또 새기기 위해.

꼭 여름 캠프 이야기를 듣는 것 같다는 기자의 말에, 메리는 그녀와 친구들이 처해 있던 환경에 대해 설명했다. 무장 군인들, 방벽, 전기 철망, 총검술 훈련, 사나운 개 등이 있는 곳이었기 때문에 그 누구도 거기에 놀러 갔다고 생각하지는 않았다고. 그저 어른들이 아이들의 동심을 지켜 주기 위해 노력했고, 그래서 거의 4년이란 세월을 하루하루 견디며 살아갈 수 있었던 것이었다.

이 이야기를 들으면서 나는 내 삶을 뒤돌아보지 않을 수 없었다. 지옥 같은 수용소 생활과 비교될 경험은 내 기억에 없다. 그래도 그것과 제일 가까운 기억은 약 7년 동안 계속됐던 회사에서의 힘든 나날들이었을 것이다.

한동안 나는 회사에서 떠오르는 스타로 윗사람들에게 인정받았었다. 그런데 주식 시장에서 거품이 빠지기 시작하던 2000년부터 점점 인정을 받지 못하기 시작했다. 연봉에 거의 반이나 되는 보너스가 없어져 버린 2001년부터는 경제적으로도 힘든 생활이 시작됐다. 월가에서 보너스는 돈에만 국한된 문제가 아니다. 보너스는 회사가 나를 어떻게 생각하는지를 명백하게 보여 주는 지표다. 즉 보너스가 없다는 것은 "너가 우리 회사를 떠나든 말든 상관이 없다."는 표현이다.

"너는 있거나 말거나 하는 사람이야."란 취급은 견딜 수 없이 힘든 혼란을 가져다준다. 이 경험에서 나는 자살 충동이 어떤 것인지 배우게 되었고, 사랑하는 아내에게도 내 속마음을 다 보여 주지 못한 채 몇 년을 견뎌야만 했다. 급할 때는 카드 빚을 내기도 하고, 집을 담보로 하는 융자를 집의 가치보다 더 많은 액수로 올리기도 했다. 불어나기만 하는 빚 액수를 보면서, 이 상황에서 영원히 빠져나갈 수 없을 거란 생각을 자주 했다.

사람들은 나를 보며 낙관적이라고들 한다. 나 역시 내가 아주 낙관적이고 긍정적인 사람이라고 말한다. 그런데도 내가 그 7년 동안의 힘든 시기와 내 삶에서 다른 어려움들을 견딜 수 있었던 것은, 내가 원래부터 낙관적인 사람이기 때문은 아니다. 걸가이드들이 수용소에서 그랬듯이, 나도 하루하루 꿋꿋하게 내가 해야 할 일에 충실했을 뿐이었다. 그 아이들이 노래를 통해 그랬듯이, 나 역시 내가 낙관적이고 긍정적인 사람이라고 나 자신에게, 또 다른 이들에게 계속 말하곤 했었다.

운동을 계속하다 보면 소질이 없는 사람도 어느 정도의 운동 실력을 얻을 수 있다. 운동에 필요한 근육과 스킬이 생기기 때문이다. 마찬가지로 음악성이 아무리 없어도, 누구처럼(나처럼) 꾸준하게 매일 몇 시간씩 피아노 연습을 10여 년이나 하다 보면(아, 연습을 강요당하다 보면), 라흐마니노프 피아노 콘체르토를 그럴듯하게 칠 정도의 실력이 된다. 손가락 근육이 훈련되어 스킬을 얻고, 어느 정도의 음악 센스도 얻게 되는 것이다.

이처럼 꿋꿋하게 하루하루 도전에 응하다 보면 누구에게나 낙관의 근육과 버릇이 생긴다고 나는 믿는다. 내가 그걸 증명하는 대표적인 사람이니까. 그렇게 낙관의 근육과 버릇을 얻게 되면, 어려움의 무게도 감당할 수 있을 만큼 가벼워질 수 있다.

작년 3월부터 큰일이 많았다. 코비드-19 팬데믹으로 50만 명이 넘는 미국인들이 1년 만에 사망했다. 또 격리 생활을 해야 하는 현실을 힘들어하거나 경제적인 어려움에 시달리는 사람들도 아주 많아졌다. 게다가 미국 미니애폴리스 경찰에게 살해된 조지 플로이드의 죽음으로 5월 말부터 시작된 인종차별 시위는 미국 전역만이 아니라 다른 많은 나라에서도 사람들의 적대심을 자극하고 있다. 더 큰 문제는 정치 지도자 중에 이 적대심을 이용해 자신의 힘을 키우는 이들이 있다는 사실이다. 마치 21세기식 수용소에 갇혀 사는 것 같다는 생각이 들 정도다. 건강은 위험에 빠지고, 경제적 안정은 사라지고, 정치는 상황을 더 위태롭게 하고, 심리적 불안감은 더 커져만 간다.

환경이 이러하기 때문에 더 꿋꿋하게 매일을 맞이해야 한다. 해야 할 일을 꾸준히 하고, 나에게 중요한 가치, 예를 들어 감사와 즐거움 등을 잊지 않으며 더 밝은 내일을 위해 준비하는 것. 수용소에서 거의 4년 동안 감금 생활을 했던 아이들을 기억한다면, 이런 일상은 그리 어려운 일이 아닐 듯하다. 팀북투나 칼라마주, 즉 아주 낯선 곳에 가족도 없이 갑자기 보내진 것도 아니고, 아직은 굶는 것도 아니니까.

2부

견고함을 위해
지켜야 할 것들

바람이 불까 두려워하는 촛불보다는
바람이 불기를 기대하는 불이 되어야 한다.
나를 무너뜨릴 만한 바람을 만나야만
견고하게 세상을 살아갈
정신력의 근육을 만들 수 있기 때문이다.

삶과 투자의 공통점

견고함 Durability

의미로 가득한 삶을 사는 것과 월등한 기업에 투자하는 것에는 몇 가지 공통점이 있다. 오래갈 우정을 추구하듯이, 오랫동안 자산을 투자할 만한 기업에 초점을 둬야 한다. 아주 많은 사람과 절친한 관계를 맺을 필요가 없는 것처럼, 투자할 때도 너무 많은 기업을 세밀하게 분석할 필요도 없다. 또 언제든지 들이닥칠 수 있는 삶의 폭풍처럼, 기업도 예상치 못한 어려움이 생존을 위협할 수 있다.

나는 의료 분야의 채권 분석을 책임지는 애널리스트다. 병원, 의료보험 회사, 투석 회사, 의사 스태핑 회사, 제약회사, 의료기구 회사 등을 분석한다. 세계적인 팬데믹을 겪으며 이런 기업들이 무사할 리 없다. 벌써 파산을 선언한 회사들도 있고,

같은 선택을 검토하고 있다는 회사들도 있다. 이런 폭풍을 만나기 전엔 견고해 보였던 회사들도 위태로움을 만회하려고 노력한다. 여기서 가장 중요한 것은 경영진의 준비성이다. 특히 어떤 이유로든 심각해질 수 있는 상황에 대비해서, 그들이 보유해 놓은 유동 자산이 중요하고, 변화가 빠른 환경에 신속하고 적합하게 반응하는 것이 중요하다. 이런 경영진들의 브리핑을 거의 1년 동안 들었다. 그러면서 나는 개인의 삶에서도 그와 같은 준비성이 필요하다고 느꼈다. 그러한 준비성은 선택에서 시작된다는 생각도 하게 되었다.

견고하다는 말은 주로 물건에 쓰는 단어다. 자동차나 가구, 가정용 전기 기구, 책 등 오랫동안 쓸 수 있어서 자주 사지 않아도 되는 물품들을 영어로는 durable goods라고 한다. 간단히 말해 튼튼해서 오래가는 물건이란 뜻이다. 우리는 같은 단어를 투자에도 적용한다. 나와 나의 동료들은 견고한 기업에 투자한다. 여러 가지 경제 환경을 견딜 수 있는 영속성 있는 기업의 증권에 투자하기 위해 노력한다. 일상생활의 필수품이나 서비스를 제공함으로써 불황에 저항할 수 있는 기업을 선호한다. 지속적인 경쟁 우위를 계속 유지할 가능성이 높은 회사에 더 높은 신용을 준다. 충분하면서도 성장을 거듭하는 현찰 이윤과 자산, 그리고 감당할 만한 채무 등으로 금전적 탄탄함을 자랑하는 기업을 찾으려고 노력한다. 무엇보다 경영진의 정직성에 초점을 두고, 사업 전략이나 자본 배분 등 경영과 관련된 그들의 업적에 신경을 쓴다. 즉 100년에 한 번 있을까 말까 하는 팬데믹을 견뎌 낼 수 있는 기업을 찾으려고 노력하는 것이다.

이런 것들이 기업을 견고하게, 즉 어떤 상황이 닥쳐와도 살아남을 수 있게 만들어 주듯이, 우리를 견고한 사람으로 이끌어 주는 것들이 있다고 나는 믿는다. 높은 지능보다, 깊은 지식보다, 남다른 실력보다, 모든 문제를 해결해 줄 것 같은 돈보다 더 우리에게 필요한 것이 바로 견고함이라고 본다.

갈수록 더 심해지는 경쟁 때문에 삶의 중요한 것들, 예를 들어 결혼, 출산, 꿈 등을 포기하는 사람들이 많아지는 세상이다. 돈, 권력, 사회적 지위가 사람들의 심리적 건강에 점점 더 많은 영향을 미치는 세상이다. 다른 이들의 말, 본 적도 없는 이들이 인터넷에 올린 글 때문에 자살과 같은 극단적인 선택을 하는 사람들이 늘어 가는 세상이다. 이런 세상에서 살아남아 의미 있는 삶을 살기 위해 꼭 필요한 것은 인격의 견고함이라고 나는 믿는다. 정신적인 연약함, 감정의 부정적인 힘, 상황이나 환경에서 비롯되는 의기소침 등을 이겨 낼 수 있는 나 자신만의 의지가 있어야 한다. 삶의 그 어떤 폭풍도 나를 파괴하지 못할 내력을 쌓아야 하는 것이다.

먼저 연약함을 만회하기 위해서는 스스로 견고함을 '선택' 해야 한다. 나는 시각장애라는 연약함에 끌려다니는 삶을 거부하고 내가 스스로 선택한 견고함을 추구하기로 했다. 특히 유학을 떠나면서는 더욱더 강해지기로 결심했다.

열다섯 살이 되던 1982년 여름, 나는 혼자 미국 유학길을 떠났다. 뉴욕으로 가는 여객기 안에서 나는 나 자신과 약속을 하나 했다. 무슨 일이 있어도 슬픔의 눈물, 실망의 눈물, 좌절의 눈물을 흘리지 않을 거란 굳은 다짐이었다. 이후 안내견 지기와 빅의 죽음, 미국 맘과 장모님의 임종을 접하며 흘렸던 눈물을 제외하면 그 약속을 지켜 왔다.

많은 사람들은 내가 똑똑해서 그리고 남다른 노력을 했기 때문에 장애를 극복하고 여기까지 왔다고 짐작한다. 하지만 강한 정신력을 고집했던 맹학교 선생님들의 가르침에서 비롯된 나와의 약속이 나를 지속적으로 견고한 사람이 되도록 도와주었다. 빛도 볼 수 없는 전맹부터 시력이 몹시 약한 약시까지 학생들을 교육하는 이 학교에는 정안자들의 세상에서 살아남을 수 있도록 학생들을 강하게 훈련시키는 선생님들이 계셨다. 그분들은 늘 강한 정신력으로 어려움을 견뎌 내야 한다고 우리를 가르쳤고, 주위 사람들, 예를 들어 부모님의 과잉보호를 조심하지 않으면 장애가 정말 큰 장애가 되는 상황을 피할 수 없을 거라고 경고해 주었다. 우리에겐 꼭 필요한 말이었다. 그때부터 나는 "힘들다" "어렵다" "못 하겠다"와 같은 말을 자주 하는 버릇이 우리를 더욱 약하게, 정말 장애인으로 만들어 버린다고 생각하게 되었다.

나는 평생 시각장애인으로 살아왔다. 완전히 실명해 버린 만 아홉 살 전에도 시력이 몹시 약해서 차별받는 일이 잦았다. 택시 운전사들은 나의 장애를 알아보고 차에 태워 주지 않았고, 놀이공원에서도 조랑말에서 강제로 끌려 내리는 모욕을 당하기도 했다. 장애를 갖고 태어난 것을 속상해하고, 분을 못 참아 울기도 했지만, 나는 그것을 나의 부족함이라고 생각하지 않기로 다짐했다. 가난한 가정에 태어난 것이 결함이 아니듯이, 장애는 나의 근본적인 결함이 아니기에 창피해야 할 이유가 전혀 없다는 생각을 하게 된 것이다.

시각장애로 인해 의사의 꿈이 깨지고, 직장을 구하는 과정에서 노골적인 차별을 수없이 당했지만, 그런 일도 나를 오랫동안 좌절시키지 못했다. 다른 진로가 있을 거라 희망했고, 나를 받아 줄 회사 역시 한둘은 있을 거라 확신했다. 삶의 폭풍이 갑작스럽게 나의 삶을 뒤집어 놓을 때도(예를 들어 JP모건사에서 감원당했을 때, 아내가 유산을 거듭하며 자궁 외 임신 수술을 몇 번 받았을 때) 나는 희망만은 잃지 않기로 했다. 나는 연약해지는 것을 거부했다. 그리고 주위 사람들이 연약해졌을 때 기댈 수 있는 사람이 되려고 노력했다. 무엇보다 나의 견고함을 신앙의 힘으로 유지해 왔다.

원래 본성이 강하고 끈기가 있는 사람들도 있다. 하지만 나는 그렇지 못했다. 없는 근육을 땀과 인내로 만들어 내듯이, 어려운 일, 빠져나갈 길이 다 막혀 버린 것 같은 상황을 견뎌내며 나는 삶의 견고함을 얻으려고 노력했다.

어디선가 이런 말을 읽었다. 바람은 촛불을 꺼트리기도 하지만 불을 더 크게 만드는 힘도 갖고 있다고. 우리는 크고 작은 바람이 우리를 흔들어 놓는다는 것을 알아야 한다. 그것들을 굳이 피하려는 노력에 너무 큰 투자를 할 필요가 없다고 생각한다. 행여나 바람이 불까 두려워하는 촛불보다는 바람이 불기를 기대하는 불이 되어야 한다. 나를 무너뜨릴 만한 바람을 만나야만 견고하게 세상을 살아갈 정신력의 근육을 만들 수 있기 때문이다.

갈망하는 마음에서 시작된다

동기부여 Motivation

나는 항상 강연이나 간증을 할 때 문답을 한다. 나의 경험과 생각을 일방적으로 나누는 강연보다 듣는 이들의 질문이나 생각에서 시작되는 대화가 더 소중하기 때문이다.

이 중 대답하기 어려운 것이 하나 있다. 무엇이 나에게 동기부여를 해 주었느냐는 질문이다. 이럴 때 나는 대개 현실적인 답을 하곤 했었다. 시각장애가 주는 불편함을 극복하기 위해서, 시각장애인도 무엇 무엇을 할 수 있다는 걸 보여 주기 위해서, 먹고살기 위해서 등등.

하지만 사실 나도 나에게 무엇이 동기를 주었는지 몰랐다. 오케스트라 지휘자, 세계적인 피아니스트, 노벨상에 빛나는 물리학자, 정신과 의사, 명문대 교수 등 꿈은 많았지만, 이는 허무맹랑한 희망이었을 뿐 나의 영혼을 움직일 만한 동기는 아니었던 것 같다.

그런데 무엇이 나에게 동기부여를 해 주었는지보다 더 중요한 문제가 있다. 어떻게 하면 우리 아이들을 비롯한 학생들에게 꿈을 갖게 해 줄 수 있을까 하는 것이다. 내가 만나 본 학생 중에는 꿈이 있는 사람이 그렇게 많지 않았다. 뮤지컬 배우나 스포츠 선수 매니저 일에 관심이 있다든지, 수학을 잘하기 때문에 회계사나 애널리스트가 되고 싶다든지 하는 말은 종종 들었지만, 직업명을 초월하는 꿈이 있다는 말은 자주 듣지 못했다. 우리 아이들도 간호사(예진이)와 만화가(데이비드) 같은 관심 있는 직업이 있을 뿐, 별다른 꿈이나 동기 같은 것은 없다고 한다.

아이들의 엄마 그레이스는 아이들의 교육 전쟁 일선을 책임진다. 특히 데이비드의 숙제를 봐주고 시험 준비를 관리하고 색소폰 연습을 시킨다. 트랙, 수영, 유도, 뮤지컬 연습 등의 일정을 잡는 매니저로, 아이들을 태우고 다니는 기사로, 격려와 야단, 뇌물과 협박을 매일 사용하는 코치 등으로 아내의 삶은 채워진다. 그레이스는 이런 바쁜 일상에 처해 있는 아이들에게 꿈이 어떻고 동기부여가 어떻다는 말을 해 줄 만한 시간이나 정신적 여유가 없다.

나는 아내의 요청에 따라 이 전쟁에 뛰어드는 지원자다. 아내가 지칠 때쯤 내가 퇴근을 하니, 아내가 못다 한 일들을 내가 해야 할 때가 있다. 보통 아이들의 앞날을 같이 고민하면서 아내를 격려하고 안심시키는 게 나의 주 역할이다.

어느 날 예진이가 숙제하면서 푹푹 내쉬는 한숨 소리를 듣게 되었다. 내가 왜 그러느냐고 묻자 아이는 이렇게 답했다. 재미가 너무 없다고. 확실하게 이해할 수 없는 것도 많다고. 근데 고등학교 성적은 대학 입학에 필요해서 꼭 잘해야 한다는 스트레스가 엄청나다고. 그러면서 아이는 그날 본 시험에서 32개의 문제 중에 2개를 틀렸다며 속상해했다.

"공부를 왜 한다고 생각하니?" 내가 물었다. "좋은 대학에 가서 좋은 직업을 가지려고." 아이는 당연한 것을 왜 묻느냐는 투로 답했다. 나는 머리가 아파 왔다. 물론 아이가 하는 말이 틀리지 않다는 것을 안다. 그렇다면 공부가 가져다주는 즐거움은 어디로 간 걸까? 궁금증을 해소하기 위해 집중하는 공부는 우리 아이들에게서 찾아볼 수 없게 된 걸까? 새로운 것을 배우고, 다른 이들의 생각이나 스토리를 접하고, 어떤 물건이 작동하는 원리를 가르쳐 주고, 세상에 유용한 일을 할 수 있는 능력을 갖추게 해 주는 게 공부가 아니던가? 즐거움은 고사하고 그 공부 때문에 아이가 이렇게 괴로워하고 있었던 것이다.

언젠가 들었던 줄리 리스코트해임스(Julie Lythcott-Haims)의 테드 토크가 생각났다. 그는 부모의 지나친 간섭이 아이들 성장을 방해하고 있다고 주장했다. 특히 일류대학에 보내기 위해 아이들의 모든 것을 관리하는, 소위 헬리콥터 양육을 반대하는 전문가의 말이 씁쓸하게 나의 뇌리를 다시 한번 자극했다.

지원자들 대부분에게 불합격 통보를 하는 손꼽히는 일류대학들, 그들이 원하는 것을 토대로 만든 체크리스트에는 이런 것들이 있다. 최고의 성적, 거의 완벽한 시험 점수, 음악이나 스포츠 등에서 권위가 있는 상이나 업적, 리더십과 봉사 정신을 증명해 줄 만한 기록, 학업·정치·사업 등에서 크게 성공할 가능성과 개인적인 어필 등등. 부모나 사교육업체가 아무리 노력해도 다 만족시키기 어려운 리스트다.

그런데 이런 체크리스트에 따라 아이들을 교육하다 보면 아이들은 일류대학에 합격하는 게 그들 삶의 목적이 된다. 그러다 보니 고등학교를 졸업하기도 전에 번아웃 환자가 되는 아이들이 적지 않다. 안타까운 것은 꼭 일류대학을 나온 사람들만이 성공하는 것도 아니고, 그들이 더 행복한 삶을 사는 것도 아니라는 사실이다. 성공과 행복의 의미가 너무 좁아진 이 세상에 언젠가는 내보내야 할 우리 아이들을 그럼 어떻게 준비시켜야 할까?

리스코트해임스는 이렇게 말했다. 우리 아이들은 분재가 아니라고. 부모가, 아니 일류대학들이 원하는 모양으로만 만들어져야 하는 생명체가 아니라는 거다. 그들은 사랑이라는 영양소가 풍부한 땅에서 성장해야 하는 야생나무다. 그래서 스스로 생각하고, 계획하고, 결정하고, 희망하고, 견뎌 내고, 꿈을 꾸고, 경험하는 사람이 될 수 있도록 환경을 만들어 주는 것이 우리 부모가 해야 할 일이다. 그러기 위해서는 아이들에게 꿈을 갖도록 동기부여를 해 주어야 한다. 직종이나 돈, 권력 따위를 넘어서는 동기부여를.

오래전에 들었던 한 유명한 사람의 명언이 그 답의 시작이란 생각이 든다. 나에게도 무엇이 동기가 되었는지를 가르쳐 준 말이었기 때문이다. 『어린 왕자』의 저자 생텍쥐페리가 이런 말을 했다.

“배를 만들려면 사람들에게 나무를 모아 오게 하거나 일을 나누어 주지 말고, 끝없이 광대한 바다를 갈망하게 하라.”

사람들은 흔히 어떤 일이, 직업이, 직장이, 혹은 사회·경제적인 위치가 가져다주는 혜택이 자신에게 동기부여를 한다고들 생각한다. 예를 들어 금융계에 종사하고자 하는 사람들에게는 다른 분야들보다 높은 연봉이나 큰돈의 흐름을 관리하는 직위가 가져다주는 권력이 동기가 될 수 있을 것이다. 그러나 나는 그런 것을 갈망한 적이 없다.

어떤 사람들은 불가능한 것을 원하곤 한다. 나는 어렸을 때부터 평범한 가정을 이루고 살기 힘들 거란 말을 자주 들었다. 앞을 못 보는 나를 남편으로 삼고 아이들을 키우면서 평생 같이 살아 줄 여자가 없을 거란 말은 집안 어른들한테만 들은 게 아니다. 비슷한 말을 어느 택시 운전사에게도 들었다. 나와 어머니를 태운 운전사는 차 앞에 지나가고 있는 한 시각장애인과 그의 아내인 듯한 여자를 가리키며 이렇게 말했다. 저런 여자가, 그러니까 눈도 멀쩡하고 외모도 괜찮은 여자가 진심으로 저런 남자와 같이 살 리는 없다고. 남자가 돈이 아주 많아서 여자가 그냥 같이 살아 주는 거면 몰라도. 그는 나에겐 진정 어린 사랑이 불가능하단 말을 하고 있었다.

그래서 내가 오랫동안 갈망해 온 것은 평범한 가정이었다. 진심으로 서로 사랑하고 존경하는 한 여자와 아이들을 키우면서 지지고 볶는 나날들이 쌓여 가는 삶을 꿈꿨다. 공부도, 직장도 이를 이루기 위한 수단이었다. 소박한 이 꿈은 나에게 확실한 동기부여가 되었다. 이 생각을 할 때면 감정이 벅차오르기 때문이다. 마음을 움직이고, 영혼을 흔들어서 삶을 바꾸어 놓을 수 있는 갈망에는 강렬한 감정이 따르기 마련이다.

그렇다면 우리 아이들이나 학생들에게도 강렬한 감정을 심어 주는 것이 동기부여에 도움이 되지 않을까? 끊임없는 유튜브의 사슬에 사로잡혀 있는 그들에게 세상의 불공평과 장애인들의 불편과 병든 이들의 아픔과 무시당하는 사람들의 서러움을 어떻게 전할 수 있을까? 그런 것들이 그들의 젊은 열정을 자극해 세상의 많은 문제를 풀기를 갈망하는 사람이 되도록 인도하는 방법을 찾아야 한다.

글을 써서 발표하기 시작한 지 얼마 되지 않았지만, 나는 내가 쓴 글로 이 일을 하고자 한다. 이것이 나의 새로운 갈망의 바다다. 화목한 가족을 이루려는 것보다 훨씬 더 큰, 내가 갈망하는 태평양이다.

결심을 깨야 하는 이유, 사랑하니까

건강 Health

다른 이들의 관심을 받는 상황이 되었을 때, 그들의 반응에 너무 집착하게 되는 경우가 있다. 나는 첫 책을 출간한 후 출판사 페북과 블로그, 그리고 신문사와 월간지 등에 글을 종종 연재해 왔다. 독자들과 네티즌들이 '좋아요'를 눌러 주거나 멘트를 써 주는 게 처음에는 그저 고맙고 신기했었다. 그런데 가면 갈수록 '좋아요'를 몇 명이 눌렀는지, 어떤 멘트가 떴는지가 마치 시험을 치거나 리포트 제출한 후에 고대하는 점수와 같은 것이 돼 버렸다. 특히 페북에 글이 올라간 후, 24시간 내에 몇 개의 '좋아요'가 뜨는지 집착하게 되었는데, 나에게 이런 새로운 중독이 생긴 데에는 다 이유가 있었다.

그해 1월 1일을 앞두고 나는 '나의 새해 결심은, 결심하지 않는 것이다.'라는 글을 썼다. 너무 자주 시작하고 자주 그만두는 다이어트에 관한 글이었다. 작심하고 다이어트를 시작하게 되면, 내일부터 다이어트 한다고 생각하면서 오늘은 실컷 먹으려고 한다. 그와 같은 이유로, 그리고 꾸준하게 다이어트를 하지 못해서 내 몸무게는 오랫동안 요요 현상을 피하지 못했다. 그래서 이제는 그런 다이어트 결심은 하지 않겠다는 나의 새해 결심을 세상에 내놓은 것이었다.

그런데, 이게 웬일인가? 미국 날짜로 12월 31일에 출판사 페북 사이트에 올린 이 글에 '좋아요'가 급속도로 붙기 시작했다. 2~3분 사이에도 몇 개씩 올라왔다. 한 시간에 서너 개만 올라와도 흐뭇했었는데, 이렇게 빨리 많은 관심을 보여 주다니 믿을 수가 없었다. 송년 예배를 드리는 중에도, 예배 후 가족과 디저트 먹으러 카페에 앉아 있을 때도, 1월 1일 새벽에도 나는 페북을 확인했다. 그것도 그냥 한 번 확인하고 마는 것이 아니라, 1~2분에 한 번씩 확인하기까지 했다. 계속 올라가는 숫자가 신기했으니까. 결국 '좋아요'가 500개가 넘자 속도는 줄기 시작했고, 나 역시 집착을 줄일 수 있었다.

그 후 페북에 새 글이 올라가면, 브라우저에 계속 리프레시 버튼을 눌러 대는 버릇이 생겼다. 적어도 글이 올라간 후 12~24시간 정도는. 그러나 '좋아요' 200개를 넘은 글은 몇 있어도 거의 600개를 기록했던 '새해 결심' 글과 같은 결과는 되풀이 되지 않았다.

그와 동시에 다이어트 결과 역시 연초에는 구경할 수 없게 되어 버렸다. 새해 결심대로 다이어트를 하지 않았으니까. 책 출간을 앞두고 뺀 9킬로그램, 한국 자산운용사와 인터뷰를 하기 전에 열심히 뺐던 16킬로그램 등은 모두 과거형이 되었고, 조금씩 천천히 늘어만 가는 몸무게를 의식하면서 살게 된 것이다.

하지만 책에서 읽은 어떤 내용 때문에 결국 나의 새해 결심을 깨기로 했다. 아내의 생일이던 9월 5일부터 다시 다이어트를 시작한 것이다.

『다니엘 플랜』이란 책이었다. 『목적이 이끄는 삶』의 유명한 저자 릭 워렌 목사가 쓴 이 책에는 별달리 획기적인 다이어트 아이디어가 나와 있지는 않다. 혼자 하는 것보다는 몇몇 친구들과 같이 다이어트를 하면서 서로 격려도 하고 책임도 물으면 다이어트에 효과가 있다는 말도 그렇게 새롭지는 않았다. 음식으로만 살을 빼는 것보다는 운동하면서 체력을 키워야 한다는 아이디어도 마찬가지였다. 단 신앙생활의 일부로, 주어진 귀한 몸을 소중히 다루어야 한다는 말은 성직자가 쓴 책에서만 접할 수 있는 유일한 말이었으리라. 하지만 죽으면

썩어 버릴 육체를 너무 애지중지하지 말란 말 역시 신앙을 가진 분들이 종종 내놓는 주장이라, 적어도 나에겐 획기적인 아이디어는 아니었다.

나의 마음을 흔든 건 이 책에 나오는 한 젊은 커플의 얘기였다. 몸무게가 320파운드(약 145킬로그램)가 되는 스티브와 그의 아내가 첫아기의 탄생을 기다리고 있을 때, 그의 아내가 이렇게 말했다고 한다. 곧 태어날 딸을 포함해 셋이 오래오래 같이 살았으면 좋겠다고. 그런데 스티브가 일찍 죽게 되면 너무 슬플 것 같다고. 더구나 스티브가 충분히 할 수 있었던 것들을 하지 않아서 그들이 함께하는 삶이 짧아진다면 더욱더 슬플 것 같다고.

왜 나의 아내가 하는 말은 잔소리로 들리고, 남의 아내가 했다는 말, 그것도 책에서 읽은 말이 더 나의 마음을 움직이는지는 잘 모르겠다. 오디오북에서 듣게 된 이 말은 아내가 지나가듯 되풀이하는 말보다 더 선명하게 나의 귓속에, 머릿속에, 마음속에 들어왔다. 즉, 지금 내가 충분히 할 수 있는 것들을 하지 않아서, 나와 아내와 아이들이 함께하는 삶이 짧아질 수도 있다는 말이 드디어 나의 두꺼운 두개골을 뚫고 들어온 것이다.

나는 농담 반, 우스갯소리 반으로 이런 주장들을 해 왔었다. 건강 중에 정신 건강이 제일 중요하니 뭐든지 즐겁게 먹으면 된다고. 갑자기 사고로 죽을 수도 있고 세상의 종말이 올 수도 있는데, 채소와 과일을 주로 먹다가 그렇게 되면 너무 억울하지 않겠느냐고. 천국에는 고기나 라면 같은 가공식품은 없고 채소와 과일만 있다던데, 그런 것들은 천국에서 실컷 먹을 테니 이 세상에서 꼭 먹을 이유는 없다고. 요즘은 의학이 많이 발달하여 건강은 의사들이 책임져 줄 거라고 등등.

나의 무책임한 생활 습관을 변명하는 이런 말들은 이제 하지 않을 것이다. 음식을 지혜롭게 선택하고 운동량을 늘리면서 나의 건강에 최선을 다할 것이다. 내가 사랑하는 이들과 아주 오래 행복한 생활을 유지하기 위해서 말이다. 그리고 그 결심을 지키지 못해 뒷걸음치는 일이 있어도, 꼭 다시 시작할 것이다.(나에게 보내는 NOTE: 설탕의 달콤함이 생각날 때, 밀가루 음식의 쫄깃함이 당길 때, 그리고 사랑히는 신라면이 그리울 때, 이 글을 다시 읽자. 내가 정말 사랑하는 것이 무엇인지, 누구인지를 기억하기 위하여.)

자존감보다 더 중요한 것

2017년 초봄 주말이었다. 교회에서 돌아오는 길 차 안에서, 언제나처럼 데이비드가 계속 재잘대고 있었다. 당시 만 열두 살이 거의 다 된 아들은 자기가 꽂힌 비디오 게임 '나루토'에 대해 설명하고 또 설명했다. 나나 아내 그리고 예진이도 이런 게임에 관심이 없어서 아이가 무슨 말을 하는지 잘 알아듣지 못했다. '나루토'의 스토리도 몰랐고 액션 게임에 대해서 아는 것도 없었기 때문에 당연한 일이었다.

한때 나는 아기들의 웃음소리와 아이의 명랑한 말소리야말로 이 세상에서 가장 듣기 좋은 소리라고 생각했다. 물론 지금도 그 생각엔 변함이 없다. 하지만 최고로 좋은 것도 너무하면, 즉 오랫동안 큰 소리로 계속되면 싫어지기도 하는 법이다.

아내가 참다못해 이렇게 말했다. "엄마가 잘못했어. 네가 배 속에 있을 때 더 기도를 잘 했어야 했는데." "무슨 말이야?" 데이비드가 물었다. "엄마가 너에 대해서 이렇게 기도했거든. 영혼이 맑은 아이, 성격이 밝은 아이, 웃음이 많은 아이가 되게 해 달라고. 근데, 하나를 더 말해야 했어." "뭐?" "차분하고 조용할 수도 있는 아이가 되게 해 달라고." 나와 예진이는 이 말을 듣고 그냥 웃었다. 그런데 데이비드가 뜻밖에 말을 했다. "엄마, 인기 있는 아이가 되게 해 달라고 기도해 주지."

데이비드는 너무 밝은 아이다. 나나 엄마에게 실컷, 눈물을 흘릴 정도로 혼나고 나서도 몇 분이 못 가서 웃는 얼굴로 우리에게 다가온다. 오랫동안 외아들로 지냈기 때문인지, 아니면 노는 스타일이 특별해서 그런지, 아이는 혼자 놀아도 친구가 많지 않아도 그리 속상해하지 않았다. 적어도 우리는 그렇게 알고 있었다. 그런데 이 아이도 학교나 교회에서 인기가 있었으면 좋겠다는 생각을 하는가 보다. 당연하지. 아무리 특별한 아이라도, 혼자 지내는 것을 즐기는 듯해도, 친구들에게는 인기 있는 아이가 되고 싶겠지. 그 나이엔 특히 더 그럴 거란 생각을 하면서도 좀 안쓰러웠다. 아이의 자존감이 너무 낮은 건 아닌가 하는 생각도 들었다.

집으로 돌아온 후, 나는 문득 머릿속에 떠오른 책 하나를 나의 디지털 책장에서 다운로드했다. 『아직도 가야 할 길』이란 책으로 유명한 스캇 펙 박사가 쓴 『끝나지 않은 여행』은 펙 박사가 한 여러 강연을 다듬고 편집해서 펴낸 책이다. 그 책에서 읽었던 한 강연을 다시 읽고 싶어졌다.

그 책에는 '자기 사랑과 자존감'이란 챕터가 있다. 이 글을 내가 잘 기억하는 이유는, 항상 불편하게 받아들였던 자존감에 대해서 잘 이해할 수 있었기 때문이다. 흔히 요즘 아이들은 자존감이 낮다고들 한다. 그리고 자존감이 낮아서 이런저런 문제가 있다고도 한다. 또 어떤 이들은 자존감이야말로 공기나 물처럼 삶에 절대적으로 있어야 할 것 중 하나라고 주장한다.

나는 항상 이런 말을 들으면 마음이 편하지가 않았었다. 자존감, 영어로 self-esteem은 '내가 나를 존중(존경)한다.'는 말이다. 나에 대해서 항상 좋은 느낌을 유지하는 것이다. 준비가 부족해 시험 성적이 좋지 않아도, 게으름과 방종으로 건강이 악화되는 중에도, 나의 말이나 행동 탓에 다른 이들과의 관계가 멀어져 가고 있을 때도, 즉 무슨 일이 있든지 나 자신을 존중하라는 이 말을 받아들이기가 쉽지 않았다. 그런데 펙 박사가 이 챕터에서 말해 준 스토리를 통해 미묘한 말 차이가 가져다준 혼란을 풀 수 있었다.

정신과 의사였던 펙 박사는 한때 미 육군에서 군의관으로 일했었다. 그는 성공한 사람들은 어떤 사람들인지 연구하려고 미군에서 유난히 성공을 한 사람 12명을 모집했다. 그리고 남들보다 일찍 무언가를 이루고, 인기도 있으며, 행복한 가정생활을 하는 이들에게 가장 중요한 세 가지를 적어 보라고 했다. 어떻게 보면 간단한 이 질문에 그들은 40분 넘게 고민하면서 답을 썼다. 어떤 이는 한 시간도 넘게 생각하다가 답을 적어 냈다. 두 번째나 세 번째로 중요한 것은 각기 달랐지만, 그들이 가장 중요하게 생각한 것은 같았다.

내가 처음 이 책을 읽었을 때는, 그들이 다들 '자신의 가족'이 제일 중요하다고 말했을 거라 짐작했었다. 하지만 놀랍게도 그들은 모두 '나 자신(myself)'이 가장 중요하다고 답했다. 그들은 확실히 자기중심적인 사람들은 아니었다. 배우자와 아이들을 아끼고 사랑하는 사람들이었고, 부하들을 잘 돌보는 상사들이었다. 그런 사람들이 '나 자신'이 가장 중요하다고 말한 것을 토대로 펙 박사는 '자기 사랑'이 무엇을 뜻하는지 설명한다. '자기 사랑'은 자기 인식, 관리, 존중, 책임 등을 포함한다. 즉 자신을 매우 소중하게 여김으로써 자신을 관리하고, 자기에 대한 책임을 지며, 계속 자기 인식을 현실적으로 해 나가는 것이다.

반면 자존감은 현실을 부정하는 데 한몫을 할 수 있다. 나 자신을 제일 잘 아는 나는, 내가 존중받지 못할 일을 하거나 존중받을 만한 인격자가 하면 안 될 말이나 생각을 하는 것도 누구보다 더 잘 안다. 그럼에도 불구하고 계속 나 자신을 존중해야 한다는 것, 계속 "I should esteem myself."란 믿음을 놓지 말아야 한다는 것은 결국 우리를 펙 박사가 말하는 거짓의 사람들로 만들 수 있는 고집이라고 본다. 그가 상담했던 거짓의 사람들은 하나같이 자신에게 가장 중요한 것은 자존감이라고 했단다. 우리는 가끔 그런 사람들을 본다. 자신의 말, 행동, 결정 등으로 다른 이들이 불이익을 당해도 그것에 아무 문제가 없다는 투로 생각하고 주장하는 사람들 말이다. 이것이 자존감에 대한 절대적인 필요를 추구할 때 생기는 문제다.

데이비드를 포함한 우리 아이들은 '자기 사랑'을 이루는 사람들이 되었으면 좋겠다. 그들이 근본적으로 아주 소중한 사람들이라는 진실을 잊지 않고, 자신을 아끼며 돌보는 사람들로 커 주었으면 한다. 자신의 부족함을 현실적으로 받아들이며 개선하려고 노력하지만, 그 부족함과 자신의 중요성, 아름다움, 사랑스러움을 관련시키지 않는 어른으로 성장할 수 있도록 가르쳐야겠다.

그런데 여기에 문제가 하나 있다. 아이들은 들은 것보다는 보고 배운 것을 더 오랫동안 간직하고 자기 것으로 만든다는 사실이다. 우리가 부모로서 아이들에게 자기 사랑을 가르치려면 결국 우리가 먼저 자기 사랑을 해야 한다는 말이 된다. 사실, 가르칠 아이가 없는 사람들에게도, 또 아이들을 가르치려는 목적이 아니더라도, 자기 사랑은 우리가 꼭 이루어야 할 것 중 하나라는 생각이 든다.

자기 사랑이 공기나 물처럼 절대적으로 필요한 것인지는 모르겠다. 하지만 나의 가치는 절대적이고 무조건적인 사랑에서 비롯되어야 한다. 아기일 때는 그런 사랑을 부모에게서 받는다. 그러나 물처럼 흐르는 사회의 기대치나, 올라가고 내려가기를 되풀이하는 주위 사람들의 의견과 사랑, 또는 항상 변할 수 있는 삶의 상황, 하다못해 나 자신의 그 어떤 언행마저도 훼손할 수 없는 고정된 나의 가치를 계속해서 유지하려면, 자기 사랑이 꼭 필요하다고 본다. 자존감은 나의 언행으로 한동안 내려갈 수 있어도, 사랑받을 만한 인간으로, 즉 누구나 갖고 있는 근본적인 가치의 사람으로 내가 나 자신을 받아들이기 위해서는 자기 사랑이 필요한 것이다.

'나는 아주 소중한 사람이다.'라는 굳은 믿음을 놓지 않는 자기 사랑, 그것은 우리를 비바람 몰아치고 극심한 더위와 추위가 뒤바뀌는 들판 같은 삶의 환경에서도 견딜 수 있는 견고한 사람으로 만들어 줄 것이다.

행복하고 건강한 삶의 비밀

회사 동료 그렉은 회사에서 만난 중국계 미국인 여자와 결혼했다. 매년 설날 그의 장모님은 그에게 전화를 걸어와 새해 인사를 나눈다. 대개 미국에서는 음력 설 기간에 일을 하기 때문에, 또 그렉이 바로 내 옆자리에 앉아 있기 때문에 나는 그가 서툰 중국말로 몇 마디 더듬더듬 건네는 그 대화를 엿듣곤 한다.

언젠가 그에게 물어봤다. 대체 무슨 말을 나누느냐고. 매년 사위에게 건네는 장모님 말씀은 늘 똑같다고 한다. 돈 많이 벌고 건강하라는 것. 아들 둘, 딸 하나를 낳은 뒤로는, '아이 많이 낳고'는 빼셨단다. 그래서 이 글을 쓰기 전에 중국인들이 설날에 주고받는 인사를 인터넷에서 검색해 봤다. 돈, 승진, 성공

등과 관련된 말이 건강에 대한 소원보다 많은 것 같았다.

역대 최고 액수의 로또 파워볼(15억 8600만 달러, 약 1조 9297억 원)이 2016년 1월에 세상을 시끄럽게 했던 것을 봐도 그렇고, 또 많은 여론조사에 나타나는 사람들의 생각을 봐도 그렇다. 우리는 행복을 위해 꼭 필요한 것이 돈이고, 돈만 충분하면 어느 정도 건강도 유지하며 살 수 있다고 믿는 듯하다.

그런데 언젠가 들은 로버트 월딩어 하버드 교수의 '성인발달연구 프로젝트' 강연에서 새로운 것을, 상상치 못했던 것을 배웠다. 과연 무엇이 우리를 행복하고 건강하게 하는지 알아보는 연구였는데, 월딩어는 이 연구의 네 번째 책임자라고 했다. 왜냐하면 이 연구가 1940년대 초에 시작되어 4세대째 연구원들이 이를 이어 가고 있기 때문이었다. 더 놀라운 점은 오랜 세월 동안 최초 프로젝트에 참가한 724명에 이르는 남자들의 삶을 계속 조사해 왔다는 사실이었다. 강연 시기를 기준으로 아직 살아 있는 참가자는 60명이고, 그들은 모두 90세가 넘었다고 했다.

연구팀은 두 곳에서 프로젝트 참가자들을 선택했다. 한 곳은 하버드대 2학년 클래스였고, 다른 한 곳은 당시 제일 가난한 사람들이 사는 보스턴시 지역이었다. 그들은 매년 혹은 2년에 한 번씩 참가자들에게 여론 조사지를 보냈다. 정기적으로 직접 인터뷰를 했고, 종종 건강진단서도 요청했다. 또 그들의 아내는 물론 2000명이 넘는 자녀들까지 프로젝트에 참가시켰다.

이 연구를 통해 그들은 한 가지 아주 명백한 사실을 알아냈다. 우리를 가장 행복하고 건강하게 이끌어 주는 게 바로 '좋은 인간관계'라는 것을. 외로움처럼 우리에게 해가 되는 것도 드물고, 심지어 우리의 목숨을 앗아 갈 정도로 건강을 해친다는 점도 알아냈다. 가장 의외인 점은 좋은 인간관계가 두뇌 건강에도 좋은 영향을 미친다는 연구 결과였다. 월딩어 교수는 치매 방지의 명약으로 사랑하는 이들과 좋은 관계를 지속할 것을 권했다.

이 강연을 듣고 나는 한동안 묵상에 빠지지 않을 수 없었다. 좋은 관계, 부서지지 않을 만큼 단단한 인간관계가 나에게 있나 하는 생각이 들었던 거다. 나는 한 손에 꼽을 만큼 적은 수의 절친들을 떠올릴 수 있었다. 그중에 내가 무너질 것 같을 때 잡아 달라는 요청을 할 만한 친구가 있을까 생각해 보았다. 하지만 확실하게 '이 사람이다!'라고 할 만한 이는 없었다.

문득, 이기적으로 머리를 굴리던 나를 깨우는 생각 하나가 있었다. 나의 '절친' 중 누가 과연 나를 그런 정도의 친구로 생각하고 있을까 하는, 귀에 들리지 않는 속삭임이었다. 나를 그렇게까지 여기는 친구는 없을 것 같다는 생각에 이르자, 나의 상대적 관계의 가난이 결국 내 책임이라는 결론을 피할 수 없었다.

그런 생각을 했을 때 내 나이가 한국 나이로 쉰이었다. 다시 시작하자는 결심을 해도 늦지 않다는 생각을 했다. 우선 내게 제일 가까운 친구, 아내에게 그런 사람이 되기로 결심했다. 그녀가 힘들어할 때 옆에 있어 주고, 무너질 것 같을 때 잡아 주고, 자신감을 잃을 때 북돋아 주고, 추하다는 생각을 할 때 나에게 비친 그녀의 아름다움을 상기시켜 주는 남편이 되기로 마음먹었다. 그리고 정도는 다르겠지만 가까운 곳에 있는 다른 이들, 절친한 교회 친구들과 동료들에게도 같은 마음으로 대하기로 다짐했다. 그것이 나와 내 주위 사람들의 행복과 건강을 위해 내가 할 수 있는 최고의 일이라고 생각했기 때문이다. 그리고 4년이 지난 지금도 같은 생각으로 나의 인간관계를 쌓아 가고 있다. 나누고 주고받으며, 들어 주고 말하며, 맡아 주고 맡기며.

영혼의 짐까지 들어 줄 수 있는 사람

절친 Confidant

MIT에서 공부하던 1993년 1월 말, 나는 컴퓨터 유저를 돕는 그룹인 아테나에서 아르바이트를 하고 있었다. 당시 MIT에서 쓰고 있던 제퍼그램이라는 인스턴트 메시징 시스템을 통해, 나는 기억하기도 싫은 한 메시지를 받게 되었다. "페스마이크가 자살한 게 사실이야?(Is it true that Fes-Mike committed suicide?)"

페스터스 마이클 모어, 줄여서 페스마이크란 이름을 썼던 그는 뉴욕에서 온 대학교 3학년생이었다. 나는 1991년 가을 학기에 아테나에서 일을 시작하면서 그를 처음 만났다. 롤러블레이드를 타고 캠퍼스를 질주하곤 했던 그는 항상 웃으며 도움이 필요한 사람에게 본능적으로 다가가는 마음 따스한 친구였다.

나와 같은 시각장애인이 새로운 공간에 익숙해지려면 시간이 좀 걸린다. 장소에 따라 한두 시간, 아니면 하루 정도는 타인의 도움을 받아야 한다. 아테나에서 일을 시작할 때도 그룹 공간의 문을 들어서면서부터 어디에 무엇이 있는지 배워야 했다. 그때 페스마이크는 만난 지 1분도 안 되는 내게 보행 오리엔테이션을 해 줬다. 그때부터 우리는 친해졌다.

그 이후로 그는 나를 참 많이 도와줬다. 책도 읽어 주고, 모르는 곳에 갈 때 안내도 해 주고, 내가 만든 컴퓨터 프로그램이 잘 안 되면 코드를 섬세하게 조사해서 실수도 찾아 줬다. 우연히 나를 만나면 함께 걷자며 롤러블레이드를 벗고 천천히 걷기도 했다. 어느 그룹에서나 분위기를 밝게 해 주고 다른 이들을 기분 좋게 만들어 주는 사람이 있는데, 페스마이크가 바로 그런 사람이었다.

슬픔이나 괴로움, 고민 같은 건 전혀 없을 것 같았던 그 친구가 보스턴 대학교의 한 건물 위에서 뛰어내린 사건은, 그를 아는 모든 사람들을 충격과 혼란, 비통함으로 몰아갔다. 그가 떠난 지 28년이 넘은 지금, 이런 질문을 해 본다. "왜…… 오, 왜 그랬어?" 무엇이 힘들어 그런 선택을 할 수밖에 없었는지, 왜 한 사람에게도 말을 못 하고 외롭게, 두려움을 이겨 가면서 그 빌딩 위로 올라갔는지……. 그에게서 따스함과 친절, 웃음을 받았으면서도 왜 우리는, 나는 그의 어려움을 알아차리지 못했을까?

언젠가 참 마음에 와닿는 스토리를 읽었다. 상세하게는 기억하지 못하지만 서너 살밖에 되지 않은 딸과 그 아이의 엄마 그리고 할머니의 이야기였다. 어린 딸이 침울한 표정으로 오랫동안 창가에 앉아 입을 열지 않자 엄마가 말했다.

"너는 아이야. 힘들 것 하나 없는 아이. 엄마나 아빠한테 말만 하면 무엇이든 다 들어주잖아? 거기 그렇게 앉아 있지만 말고, 앞마당에 나가서 강아지랑 놀아. 아니면 인형 갖고 놀든지……." 이렇게 엄마의 잔소리가 시작되자 할머니가 끊었다. "무슨 말이야? 아이도 인격이 있어. 그래서 고민이 있을 수 있고, 혼자 슬퍼할 수도 있어야 해. 남에게 말하기 싫을 때도 있고. 그냥 내버려 둬."

그렇다. 힘든 일, 풀 수 없는 고민, 그리고 입 다물고 다른 이들로부터 좀 거리를 둘 수 있었으면 하는 어려움은 누구에게나 있을 수 있다. 어린아이에게도, 공부를 아주 잘하는 천재에게도, 돈이 많은 부자에게도, 사랑이 충만한 부부에게도, 아이들 다 키우고 골프에만 신경 써도 되는 은퇴한 커플에게도…….

프리드리히 니체는 "산다는 것은 고난이다."라고 말했다.

스캇 펙 박사는 그의 첫 베스트셀러 『아직도 가야 할 길』을 아예 "삶은 어렵다."라는 문장으로 시작한다. 나 같은 낙천주의자도 큰 진리 중 하나인 이 사실을 부인하지 않는다. 힘든 삶 속에, 죽을 것만 같은 절망 속에도 행복이 숨어 있다는 믿음을 잃지 않는 사람들이 바로 낙천주의자들이니까. 만일 삶이 어렵지 않다면 낙천도 그저 일반적이고 평범한 생각일 테니까.

그렇다면 이 힘들고 고난스러운 삶을 어떻게 살아가야 할까? 우리는 그 답을 찾기 위해 헤맨다. 충분한 돈이 최고의 정답이라고 믿는 사람들이 많은 사회에서 우리는 살고 있다. 이 불편한 답, 정답이 될 수 없는 의견을 부인하려는 양 어떤 이들은 종교에서, 어떤 이들은 가족이나 일에서, 또 많은 사람은 개인적인 삶의 의미에서 그 답을 찾으려고 노력한다. 종이에 박힌 잉크 혹은 스크린에 나타나는 다이오드 패턴, 예를 들어 새로 나온 자기계발 서적을 기대감 가득한 마음으로 읽으며 답과 방법을 찾으려 애쓰는 이들도 있다.

근래에 깨달은 것이 하나 있다. 비슷한 생각은 어렴풋이 해왔지만, 이렇게 확실한 문장으로 표현한 적은 없는 것 같다. 삶의 성공 여부는 수학처럼 공식으로, 요리처럼 조리법으로, 비행기 조종처럼 체크리스트로 결정되지 않는다는 깨달음에 태어난 지 54년 만에 겨우 도달한 것이다. 삶은 ABC처럼 간단하지도 않고, 123처럼 만만하지도 않다. 이 사람의 조언을 염두에 두고, 저 사람의 성공 비결을 토대로, 자녀 일류대학 보내기 책에 나와 있는 대로 아이를 키우려고 노력해 본 사람은 알 것이다. 완벽한 사업계획표와 자금, 그 누구도 모방할 수 없는 노하우를 갖고 사업에 뛰어들어 본 사람도 알 것이다. 버는 돈의 액수가 계속 커질수록 행복은 그 반대 방향으로만 가는 이상한 현상을 경험해 본 사람도 알 것이다. 영혼의 안식은 많은 사람들이 인정하는 성공에서 결코 오지 않는다는 사실을.

정답과 해법이 없다면 가까이 다가갈 방법이라도 찾고 싶다. 인생이나 삶 같은 큰 도전이 아니라 힘든 하루하루를 살아내는 작고 일상적인 도전에라도 도움이 될 만한 뭔가를 생각해 보고 싶다. 이 또한 하나의 방법일 뿐이라고 생각할 수 있겠지만, 나는 오늘, 그리고 앞으로 많은 나날에서 견디기 힘든 아픔과 상처에 바를 가장 좋은 연고는 절친한 그 사람이라고 본다. 계속 마음속에만 두면 생명 자체를 절단해 버릴 것 같은 고민. 쏟아내지 않고는 내일이 오늘이 되는 것을 경험하지 못할 것만 같은 속앓이. 내가 없어져 주는 게 여러 사람에게, 특히 내가 사랑하는 이들에게 도움이 될 거란 생각. 심지어는 내가 죽으면 그가, 그녀가 너무 슬퍼하고 후회하겠지라는 망상까지도……. 이런 자기 파괴적인 영혼의 짐을 덜어 낼 권리는 누구에게나 있다.

이런 짐, 가끔은 아주 무거운 짐을 같이 들어 줄 만한 사람을 어떻게 찾을 수 있을까? 내가 무슨 말을 해도 나를 판단하지 않고, 잠자코 들어 줄 사람이 정말 이 세상에 있을까? 나의 불행을 진심으로, 당연한 것 아닌가 하는 뉘앙스도 없이, 그저 온 마음으로 함께 슬퍼해 줄 사람이 과연 존재할까? 그 어떤 것들, 예를 들어 돈이나 물건보다 우리의 우정을 더 소중하게 여길 절친을 한 번이라도 본 적이 있나? 내가 살아남기 위해서 꼭 알아야 할 것, 듣지 않으면 안 되는 말, 쓰디쓴 진실을 나에게 알려 주기 위해 그 우정까지도 희생할 수 있는 참된 친구가, '페친'을 친구라고 생각하기 쉬운 21세기 세상에 몇 명이나 남아 있을까?

여기까지 쓰고 며칠 동안 글을 이어 나가지 못했다. 아무리 생각해도 뾰족한 방법이 떠오르지 않아서다. 이런 절친을 만들 수 있는 지름길은 없다. 이것이 내가 며칠 동안 고민한 끝에 내린 결론이다.

할 수 없이 누구나 쉽게 생각해 낼 수 있는 아이디어, 실천보다 무한히 더 쉬운 말 한마디로 이 문제의 실마리를 풀어 볼까 한다. 이런 절친을 갖기 위해서는 내가 먼저 누군가에게 그런 절친이 되어야 한다는 사실 말이다. 그가 나를 믿고 의지하며 아픈 속내를 내게 보여 줄 수 있도록. 자살과 같은 극단적인 선택을 떠올리게 할 정도로 무거운 짐까지도 어느 정도 덜어 줄 수 있도록.

며칠, 몇 달 만에 이루어지지 않는 일이다. 진심과 인내, 그리고 때로는, 혹은 자주 손해가 필요한 일이다. 내가 원하는 절친을 만들겠다는 목적으로 시작해서는 더욱이 안 될 일이다.

하지만 좋은 소식도 있다. 많은 사람들에게 그런 절친이 되어 줄 필요는 없다는 사실. 내가 좋아하는 단어 confidant(절친)보다는 요즘 유행하는 단축어 BFF가 더 의미를 뚜렷하게 해 줄 수 있겠다. Best Friend Forever(영원한 최고의 친구). 베스트(best)는 좋다는 뜻의 단어 굿(good)의 최상급이다. 최상급에는 몇이란 숫자가 있을 수 없다. 즉 삶의 짐을 덜어 줄 사람은 나에게 한 명으로도 충분하다는 결론을 내릴 수 있다. 주위 사람이나, 배우자 혹은 페친 리스트에서라도 한 사람을 선택하자. 그리고 그의, 그녀의 Confidant, BFF가 될 것을 다짐하며 새로운 오늘과 더 나은 내일 그리고 훨씬 평안한 미래를 기대해 보자.

마지막으로 떠나간 나의 친구에게 이렇게 말하고 싶다.

"페스마이크, 내가 너의 친구가 되어 주지 못해서 정말 미안해."("Fes-Mike, I am so very sorry I was not that friend for you.")

정체성은 어디에서 오는가

소신 Conviction

나는 뮤지컬을 좋아한다. 고등학교 시절에 학생들이 하는 뮤지컬에 출연한 적이 있는데, 그때부터 쭉 뮤지컬을 즐겨 왔다. 뉴욕에서 아내와 둘만 살 때는 자주 브로드웨이 뮤지컬을 보러 가기도 했다. 쇼 시작 5분 전쯤에 극장에 예매 없이 들어가는 것이 우리의 작전이었다. 매번은 아니었지만, 가끔 남은 표를 아주 싸게 살 수 있었다. 행운이 따를 때는 단돈 20달러로 좋은 앞자리에서 뮤지컬을 본 적도 있다. 브로드웨이 극장의 찬란했던 조명이 꺼진 지 1년이 거의 다 된 지금, 걱정 근심 없이 자유롭게 살았던 그때가 그립다.

수많은 뮤지컬 중에 나는 「지붕 위의 바이올린」을 제일 좋아한다. 꼭 내가 처음 본 뮤지컬이라서만은 아니다. 잊을 수 없는 감동적인 스토리에 좀처럼 뇌리를 떠나지 않는 노래들이 더해진 뮤지컬이라 더 좋아하게 된 것이다. 그리고 내가 이 뮤지컬을 아직도 넘버원으로 생각하는 이유가 하나 더 있다.

20세기 초, 아나태프카라는 작은 러시아 마을에 살던 한 가난한 유태인 테비아에게는 딸이 다섯 있었다. 그들의 이야기는 「트레디션(Tradition)」, 즉 전통이라는 노래로 시작된다. 이 노래에서 우리는 그 마을에 사는 유태인들의 삶, 지붕 위에서 바이올린을 연주하는 것처럼 위태로운 삶에 대해 알게 된다. 그럼에도 그들을 지탱해 주는 것이 바로 유태인들이 수천 년 동안 지켜 왔던 전통이라는 사실을 몇 번이나 강조하며 하모니와 유머를 섞어 노래한다.

그 전통 중 이 뮤지컬에서 제일 문제가 된 것은 결혼에 관한 전통이었다. 자녀를 결혼시키는 과정은 아주 간단했다. 우선 마을 중매인에게 의뢰하고, 그가 소개해 주는 신랑/신부의 아버지들이 서로 의논한다. 두 아버지가 동의하면 결혼이 성사된다. 본인들은 대개 결혼식에서 처음 만나게 되고, 살다 보면 다 사랑하게 된다는 부모의 말이 사실이기를 바랄 뿐, 별다른 선택권이 없다.

그런데 테비아의 장녀 짜이텔이 그만 가난한 재봉사와 결혼하겠다며 아버지가 선택한 사람과의 결혼을 거부한다. 테비아는 벌써 고깃간 주인 홀아비에게 첫딸을 주겠다고 동의했던 터라 딸의 말을 무시하려 한다. 하지만 서로 사랑한다는 두 젊은 연인들의 말에 결국 설득당한다. 전통에 따라 아버지가 골라 주는 사람이 아니라 사랑하는 사람과 결혼하겠다는 딸의 말을 듣기로 한 것이다.

다섯 딸 중에서 테비아의 뜻에 따라 결혼하는 딸은 뮤지컬 끝까지 하나도 없다. 둘째 호델은 방랑하는 한 유태인 혁명가를 따라 집을 떠나려 하는데, 그들은 테비아를 더 기막히게 한다. 큰딸과 재봉사 사위는 적어도 테비아의 허락을 구했었다. 그런데 둘째 호델과 혁명가는 아버지의 반대에 이렇게 말한다. 허락을 구하는 것이 아니라 축복을 원하는 거라고. 축복을 해 주지 않아도 결혼은 할 거란 말이었다. 전통을 생각하면 이는 더 있을 수 없는 일이었다. 테비아는 결국 그들의 결혼을 허락하고 축복해 준다.

딸 부잣집에 제일 예쁜 딸은 셋째라고 했던가? 그런데 테비아의 셋째 차바는 아예 러시아인과 연애하고 결혼을 하겠다고 한다. 사랑이란 말에, 그리고 축복이 필요할 뿐이란 말에 결국 전통을 접고 딸들의 뜻을 존중해 준 아버지였다. 그러나 러시아인, 즉 유태인이 아닌 이방인을 사위로 받아들이는 것은 테비아의 종교적·문화적 정체성이 허락하지 않는다.

아내 그레이스와 예진이, 데이비드가 브로드웨이에서 재공연을 하고 있던 이 뮤지컬을 2년 전에 봤다. 나는 회사에 일이 생겨 같이 가지 못했다. 내가 제일 좋아하는 뮤지컬을 보고 온 아이들에게 어땠냐고 물었다. 아들은 테비아가 셋째 딸의 결혼을 허락하지 않은 결정이 "스튜피드(stupid)" 하다며 짜증을 냈다. 내가 제일 감동을 받은 장면에 아들은 바보스럽다며 화를 낸 것이다.

테비아는 전통에 묶여 딸들을 자신의 고집대로 결혼시키지 않았다. 딸들의 뜻을 존중해 주는 현대식 아버지였다. 하지만 변해 가는 세상의 흐름을 받아들이면서도 자기 정체성을 방어하는 마지막 경계선을 지켰다. 딸을 굶주리게 할 수도 있는 가난한 사람도, 딸의 객지에 남겨 두고 옥살이를 하거나 죽을 수도 있는 사람도 딸들의 뜻에 따라 사위로 받아들였지만, 유태인을 억압하는 러시아인 중 한 사람과는 딸을 결혼시킬 수 없었다. 그의 선택을 21세기를 사는 우리 아이들이 이해하지 못하는 것은 당연한 일일지도 모른다. 어떤 이들은 테비아의 마지막 결정이 인종 차별적이라고도 주장할 것도 같다. 하지만 나의 생각은 다르다.

개방적인 생각은 좋은 것이다. 더 좋은 세상, 불공평이 줄어드는 사회, 한 사람 한 사람의 존엄성이 더 존중받는 현실을 추구하기 위해 꼭 필요하기 때문이다. 하지만 나 자신의 정체성을 지키려면 포기하지 말아야 하는 소신이 필요하다고 나는 믿는다.

얼마 전 동료 G가 나에게 물었다. 트럼프 대통령에게 왜 그렇게 심하게 적대심을 표현하느냐고. 오바마 대통령의 결정 중에도 내가 싫어하는 것이 많았지만 그에 대해서는 객관적으로 나의 생각을 표현하곤 했었는데, 트럼프에 대해서는 너무 심하게 부정적이란 G의 말을 나는 반박할 수 없었다. 나는 내가 왜 그렇게 트럼프에 대해서 심한 말을 많이 하는지 설명해 주었다.

나 같은 사람들을 미국에서는 에반젤리칼(Evangelical, 복음주의) 크리스천이라고 부른다. 신앙을 남에게도 나누고 그들 역시 예수를 믿도록 인도하는 것이 에반젤리칼의 궁극적인 목적이다. 그런데 언젠가부터, 2004년 미 대통령 선거 때부터 에반젤리칼의 정치 활동이 더욱 두드러진 듯하다. 나를 불편하게 할 정도로 그들의 정치적 파워가 커진 것이다.

그동안 나는 종교 그룹의 정치 활동을 반대해 왔다. 특히 기독교와 정치가 섞이면, 대개 정치는 덕을 보지만 기독교는 중요한 것을 잃는다. 로마가 크리스천 제국이 되었을 때처럼, 기독교의 정치적 파워가 커지면 그리스도의 메시지를 전할 수 있는 길이 오히려 막히게 된다고 나는 믿는다. 무엇보다도 우선 예수 그리스도가 정치적 파워를 거부했다.

그럼에도 에반젤리칼들의 정치적 파워 키우기에 대해서 그리 큰 신경을 쓰지 않았었다. 그들은 조지 W. 부시를 도왔지만, 오바마가 대통령이 되는 것을 두 번이나 막지 못했다. 그 뒤로 트럼프의 백악관 야망을 현실로 만들어 준 정치 그룹 중 무시할 수 없는 세력이 바로 에반젤리칼들이다. 나는 이를 이해할 수 없었다. 힐러리 클린턴의 당선을 막으려고 내린 어쩔 수 없는 선택이라면 이해는 할 수 있겠다. 하지만 에반젤리칼 리더십은 트럼프가 크리스천들이 꿈꾸어 왔던 드림 대통령이라고 주장한다. 어떤 이들은 미국의 45번째 대통령 트럼프가 이사야서 45장에 예언된 왕과 같은 리더라고 믿기까지 한다.

개인적 행실이나 사업 방식을 제외하더라도, 트럼프는 크리스천 가치와 거리가 먼 후보였다. 이웃을 위해 나를 내어 주는 사랑을 추구해야 하는 이들이 '아메리카 퍼스트(America First, 미국우선주의)'를 부르짖는 후보를 지원한 것이다. 오른편 뺨을 맞으면 왼편도 내어 주라는 가르침을 받은 이들이, 출마 시절 사람을 때리라고 시키면서 변호사비를 책임지겠다고 한 후보를 지원한 것이다. 모두에게 하나님 사랑을 전해야 하는 이들이, 다른 나라에서 온 사람들을 대놓고 차별하는 후보를 지원한 것이다. 나태한 태도로 코비드-19 위기를 훨씬 더 크게 만들어 놓고도, 사과하거나 책임을 지는 언행을 하기는커녕 자신이 모든 것을 훌륭하게 해냈다고 고집하는 대통령을, 회개와 진실을 추구하는 크리스천들이 아직도 열렬히 지원하고 있다. 게다가 어느 법원도 인정하지 않은 부정선거를 주장하며 자신의 압도적인 대선 승리를 고집하다가 다섯 명이 사망하는 국회의사당 침범 사건을 초래했는데도, 여전히 그를 숭배하는 에반젤리칼들이 매우 많다.

나는 이를 받아들일 수 없었고, 아직도 받아들일 수 없다. 그래서 나의 페이스북에 내가 더 이상 에반젤리칼 크리스천이 될 수 없는 이유를 밝히기도 했다. 내가 정치 파워를 추구하는 그룹의 멤버가 아님을 선언한 것이다. 이젠 나 자신을 지저스 팔로워(Jesus follower), 즉 예수님을 따르는 사람으로 부르고 싶다. 매우 아쉬웠지만 얼마 전 나는 오랫동안 가입했던 공화당에서 나와 무소속 유권자가 되었다.

내가 이런 공식 선언을 했다고 해서 뭐가 달라질까? 트럼프를 아직도 훌륭한 대통령으로 받아들이는 에반젤리칼들이 나의 말이나 정당 선택 때문에 그 눈가리개를 벗을 거라 생각하지 않는다. 더구나 종교와 정치가 같이 갈 때의 위험을 깨닫는 사람은 더욱 없을 것 같다. 그렇게 나는 나와 가까웠던 몇몇 트럼프 지지자들의 우호를 잃었다. 나의 이런 의견을 알게 된 교회나 기독교 그룹들도 나를 더 이상 강사로 불러 주지 않을 것이다. 결국 얻은 것은 없고 잃은 것만 있었지만 나는 내가 한 말이나 선택을 후회하지 않는다.

살다 보면 세상과 타협해야 할 때가 적지 않다. '이러면 안 될 것 같은데.'란 생각을 하지만, 결국 나의 이익이나 사랑하는 이들의 안전과 행복 등을 위한 선택을 할 때가 있게 마련이다. 하지만 나의 마음이 허락할 수 없는 타협의 경계선은 있어야 한다. 경계선을 지키기 위해서는 변치 않는 소신 외에 두 가지가 더 있어야 하겠다. 현실의 흐름을 따라가는 삶 속에서도 나의 타협이 불가능한 경계선을 알아볼 판단력을 잃지 않는 게 중요하다. 그리고 경계선을 넘지 않는 선택을 실행할 용기도 필요하다. 많은 '좋아요' 반응을 얻어 낼 수 있다면 무엇이든 허락되는 듯한 오늘날, 이 판단력과 용기가 우리에게 꼭 필요한 것들이 아닐까 싶다.

나에게 주어진 마지막이 될지도 모른다

오늘 Today

몇 년 전 10월 어느 날, 재택근무를 하고 있던 내게 아들 데이비드가 놀이터에 같이 가 달라고 졸랐다. 나는 5시 40분쯤, 작성하던 채권 리뷰를 저장하고 아이와 같이 집을 나섰다. 온종일 집에만 있었던 터라 잘됐다는 생각이 들었다. 초가을의 시원한 바람을 쐬고, 재잘대는 아이의 얘기도 들으며 놀이터를 향해 걸었다.

문제는 시간이었다. 놀이터에서 데이비드가 신나게 놀고, 나에게 집에 가자고 했을 때는 벌써 해가 진 뒤였다. 아이가 작은 손전등을 손가락에 끼고 있어서 아주 어두운 길을 걷지는 않았지만, 그래도 걱정스러웠다. 신호등 없는 찻길을 건널 때는 물론 차 소리가 들릴 때마다 걱정됐다.

왜 그렇게 움츠러든 사람처럼 일상의 작은 위험에 겁을 냈을까? 거기에는 다 이유가 있었다. 그날 아침 아는 분의 사고 소식을 접했던 것이다. 매일 걷던 산책길에서 차에 치어 뇌사 상태에 빠졌다는 소식이었다. 갑자기 찾아온 그분 가족의 불행은 주위 사람들의 마음을 아프게 했다.

이 사고 소식뿐만이 아니었다. 열흘 전 호보큰역에서 일어난 통근 기차 사고에, 뉴저지에서 뉴욕으로 기차를 이용해 통근하던 많은 사람들은 큰 충격을 받았다. 물론 나도 그중 한 사람이다. 호보큰역에서 멈춰야 했던 기차가 철로가 끊어지는 지점까지 질주했고, 이 사고로 플랫폼에 서 있던 한 사람이 죽고 100명이 넘는 승객이 다쳤다. 이렇게 아주 드문 탈선 사고로 기차 안 승객들이 다친 것도 기가 막힌 일이지만, 플랫폼에 서 있다가 변을 당한 사람의 상황은 더 어이없는 일이 아닌가.

나 역시 기차와 지하철을 타고 출퇴근한다. 평일엔 적어도 두 시간 동안 기차나 지하철 안에 앉아 있거나 서 있다. 게다가 통근 기차에서 지하철로 갈아타야 하기 때문에, 매일 여섯 번 플랫폼에 서서 기다린다. 이런 사실을 아는 친척과 친구들이 나의 안전을 확인하려고 SNS 메시지를 보내 왔다.

아내 그레이스도 그날 뉴스를 보고 나에게 전화를 했다. 아내는 내가 호보큰역을 거치지 않는다는 것을 안다. 또 사고 시간보다 한 시간쯤 전에 내가 회사에 도착한다는 것도 알고 있다. 그래도 혹시나 하는 생각에 전화를 했던 것이다.

그런데 아내가 모르는 사실이 하나 있다. 뉴욕 펜스테이션으로 가는 터널에 문제가 있을 때는 나도 호보큰역으로 간다는 사실이다. 또 그런 문제가 있는 날엔 출근 시간도 꽤나 늦어진다. 그러니까 내가 그 사고에 피해자가 됐을 가능성은 아내의 생각처럼 희박하지는 않았던 것이다.

게다가 이 사고가 나기 약 2주 전에는 뉴욕시 첼시 지역과 뉴저지 두 곳에서 폭탄이 터지고, 불발탄 몇 개가 발견되기도 했다. 간단히 말해서, 위험이 우리 주위로 성큼성큼 다가오고 있는 듯한 나날을 경험하고 있었던 것이다.

아이와 집에 거의 다 왔을 때쯤, 그레이스에게 전화가 왔다. 아내도 평상시보다 더 걱정을 한 걸까?

식구들과 저녁을 먹고, 나는 스마트폰에 다운로드해 두었던 전 주 일요일 자《뉴욕 타임스》를 읽기 시작했다. 일요일에 나오는《뉴욕 타임스》는 너무 길어서 주중에도 읽어야만 하는 경우가 있는데 그때도 그랬다.

그날 읽었던《뉴욕 타임스》에는 '5분 남은 삶'이란 기사가 실려 있었다. 1986년 9월에 케네스 버거라는 랍비님이 전한 설교에 대한 기사였다. 그는 1986년 1월 28일, 그러니까 8개월 전에 일어났던 챌린저 우주왕복선 폭발 사고를 되새기며 많이 알려지지 않은 하나의 사실을 토대로 설교했다. 그건 폭발 후 바다에 추락하기 전까지 약 5분 동안이나 챌린저호에 탄 일곱 명이 살아 있었다는 사실이었다.

삶이 몇 분밖에 남지 않았음을 알게 된다면, 우리는 무슨 생각을 하게 될까? 삶을 돌아보며 후회를 하지 않는 이는 드물 것이다. 랍비님은 언젠가 하게 될 후회를 오늘 하라고 말했다. 남은 삶이 5분이든 5일이든 5년이든 50년이든 다를 바가 없다면서, '그걸 알았더라면 이렇게 살았을 텐데…….' 하는 생각을 바로 오늘 하고, 오늘부터 생각한 대로 살기 위해 노력하라는 가르침이었다.

안타깝게도 그 설교를 하고 3년 후, 그러니까 1989년, 랍비 케네스 버거의 가족은 비행 중 엔진 폭발로 조종 컨트롤이 손실된 여객기에 타게 된다. 조종사의 놀라운 대처 능력과 기술로 그들은 40분을 더 비행할 수 있었고, 결국 아이오와주 한 옥수수밭에 추락하게 된다. 1989년에 일어난 이 사고는 나도 기억하고 있다. 타고 있던 297명이 모두 다 죽을 뻔한 상황에서 185명이 살았을 뿐만 아니라, 이 일을 해낸 알프레드 헤인즈 기장이 나의 미국인 대드가 아는 사람이었기 때문이다.

'5분 남은 삶'이란 설교로 사람들의 마음을 움직였던 랍비님은, 그날 열여섯 살 난 딸과 아홉 살 난 아들의 손을 잡아 주면서 40분 남은 그의 삶을 보냈다. 착륙 직후 폭발 사고로 그와 아내는 아이들 곁을 영영 떠나고 말았던 것이다. 같은 상황에 처한 다른 승객들보다는 랍비님의 마지막 40분이 더 평안했으리라. 사랑하는 아이들을 위로하고, 충격으로 기절한 아내에게도 사랑한다는 말을 하면서 남은 시간을 보냈을 테니까.

뉴욕에서 일어난 폭탄 사건, 기차 탈선 사고, 아는 분의 차 사고, 랍비님에 대한 기사와 그가 30년 전에 쓴 설교 원고를 접하게 된 후, 나에겐 오늘이란 날이, 지금이란 시간이 더욱더 소중해졌다. 주중 아침, 집을 나서기 전에 자고 있는 아들 옆에 잠깐 서서 숨소리를 듣는다. 닫힌 딸아이의 방문 앞에 서서 짧은 기도를 한다. 기차역 앞에 멈춘 차 문을 열면서 아내의 손을 만진다. 나에게 내일이 주어질 거란 보장이 없을뿐더러, 몇 시간, 심지어 몇 분만이 나의 삶에 남아 있을 수도 있기 때문이다.

그 전까지만 해도 "오늘은 나의 나머지 삶에 있어 첫날이다."라는 말을 자주 기억하곤 했다. 어제까지 있었던 일, 특히 안 좋았던 일들은 삶에 필요한 경험으로 삼거나 아예 잊고, 오늘부터 열심히 다시 시작하자고 생각하면서 큰 힘을 얻었다.

그런데 그날 뒤로는 '오늘이 나에게 주어진 마지막 날일 수도 있다.'라는 생각을 하며 하루 일과를 시작하는 버릇이 생겼다. 아이와 같이 보내는 시간을 주말로 미루지 않으려고 노력했다. 딸이 자신이 읽은 책에 대해 대화를 하려고 하면 즉시 하려고 애썼다. 아내에게 미안하단 말을 나중으로 미루지 않으려고 최선을 다했다. 그리고 식구들을 적어도 하루에 한 번씩 꼭 안아 주고 사랑한단 말을 해 주려고 노력했다. 또 내일이나 더 나중에 해도 되는 일과 오늘 꼭 해야 하는 일을 구별하려고 노력했다.

신기한 것은 오늘이 마지막일 수도 있단 생각이 나를 두려워하거나 우울하게 만들지 않는다는 사실이다. 이렇게 살다 보니 하루하루가 더 알차게 느껴진다. 사랑하는 이들과 같이 보낼 수 있는, 행복을 주고받을 수 있는 오늘이 소중한 선물인데, 이것은 쓰지 않으면 사라져 버리는 이슬과 같다는 생각이 든다. 매일 오늘에 충실한 삶을 살 수만 있다면, 죽음이란 마지막 챕터가 펼쳐질 때 찾아올 후회도 줄어들지는 않을까.

3부

흔들리지 않기 위해 조심할 것들

우리 마음 한구석을 차지하고 있는 씁쓸한 기억들,
마음의 상처를 주고받았던 사람이
애인이었든 친구였든 부모나 형제였든
그런 과거의 기억은 현재 우리의 삶에 치명적인 타격을 줄 수 있다.
무엇보다 먼저 그 씁쓸함을 내려놓아야 하고
그러려면 우리는 기억 속 그 사람을,
혹은 나 자신을 용서해야 할지도 모른다.
나를 위해서, 또 내가 지금 사랑하는 나의 사람을 위해서.

내가 나인 것에 수치심이 있을 수 없다

수치심 Shame

이용복 선배님은 1970년대를 살던 우리 시각장애인 아이들에게는 삶의 여망 같은 분이었다. 서울맹학교를 내가 입학하기 오래전에 졸업하신 분이라 선배님이라고 부르긴 하지만, 그분과 나는 만난 적이 없다. 내가 어린 시절을 보냈던 병실에서 「어린 시절」 같은 그분의 노래를 듣기 시작했다. 눈이 보이지 않아도 그렇게 기타 잘 치고 노래 잘 하는 인기 가수가 될 수 있다면, 내가 비록 그분처럼 실명한다 해도 희망은 있겠단 생각을 막연히 했다.

유학 온 뒤에 접한 스티비 원더도 나처럼 시각장애인이지만 이용복 선배님 못지않은 인기 가수였다. 나도 80년대에 「I Just Called to Say I Love You」를 흥얼거리는 청소년 중 하나였다. 음악에 소질이 없음을 깨달았기 때문에 그쪽으로 진로를 잡을 생각은 없었지만, 그래도 스티비 원더의 성공은 미래를 염려하는 나를 위로하기에 충분했다.

유명한 시각장애인 가수라는 점 외에 이 두 사람에게는 다른 공통점이 하나 더 있다. 둘 다 검은 안경을 쓴다는 사실이다. 나의 부모님, 내가 미국 유학을 할 수 있도록 소개해 주신 선교사님 등 나를 소중하게 생각하시는 주위 분들은 이 두 사람을 언급하며 나에게 검은 안경을 쓰라고 권하셨다. 실명 후 쑥 들어가 버린 눈을 가리려는 의도에서였다. 의안을 먼저 권했으나 내가 단호하게 싫다고 했다. 쓸모없어진 두 눈이지만 그렇다고 해서 내 몸에서 절단해 내기는 정말 싫었다. 괴저가 생겨 목숨을 위협하는 다리도 아닌데, 좀 보기 흉하다고 도려낸다니. 혹시 먼 훗날 시력을 되찾을 수 있는 의학 발전의 혜택을 받으려면 눈이 필요하다고 하면서 어른들의 조언을 받아들이지 않았다.

나는 검은 안경 역시 쓰지 않았다. 보기 흉한 눈을 가리는 게 주위 사람들을 향한 예의나 배려라고 생각할 수도 있겠다. 하지만 나에겐 안경이 나의 장애를 가리기 위한 도구처럼 느껴졌다. 시각장애를 왜 가려야 하나? 왜 감춰야만 하는 걸까? 창피한 것도 아닌데.

그런 생각을 하던 나도 나의 장애를, 내가 장애인임을 감추려 한 적이 있다. 초등학교 5학년 때였다. KBS 어린이 방송 퀴즈 프로그램에 전화를 했다. 그런 쇼에서는 늘 이처럼 자기소개를 했다. 어느 학교 몇 학년 몇 반 누구입니다. 나는 잠깐 망설이다가 이렇게 나를 소개했다. "예일 국민학교 5학년 2반 신순규입니다." 그날 퀴즈쇼를 듣고 있던 청취자 중에 예일 국민학교 5학년 2반 아이들이 있었다면 의아하게 생각했으리라. 선물을 받을 수도 있어서 본명을 말해 놓고, 왜 서울맹학교에 다닌다는 말은 못 하고 형이 다녔던 초등학교 이름을 내뱉었을까? 깊은 분석이 필요 없다. 그 프로그램에 전화로 출연하는 아이들 중에 특수학교 학생들은 없었다. 내가 맹학교에 다닌다는 사실을 전국 청취자들에게 밝히기 싫었던 것이다. 문제의 답을 맞히면 장애인인데도 잘 맞혔단 말을 할 것 같았다. 만일 못 맞히면, 특수학교 아이가 뭘 알겠느냐고 생각하는 사람들이 혀를 쯧쯧 찰 것만 같았다. 이는 모두 나를 장애인으로 보고 판단할 이들을 의식한 나 자신의 수치심에서 비롯된 일이었다.

장애는 부끄러워해야 할 일이 아니다. 아무리 엄마 말 잘 듣고, 눈에 좋다는 간과 당근 등을 잘 먹었다 해도 나의 실명은 나나, 부모님이나, 의사들까지도 막을 수 없는 운명 같은 것이었다. 간을 싫어하는 내게 엄마는 '간 과자'를 많이 먹이셨다. 내가 지금도 순대에 딸려 나오는 간을 먹지 않는 이유가 바로 여기에 있다. 부모가 된 내가 엄마의 입장을 이해하지 못하는 바는 아니다. 아들의 눈을 고쳐 보겠다는 생각이 얼마나 간절하셨기에 닭 간을 과자라고까지 부르셨을까?(어머니께 보내드리는 NOTE: 어머니, 몸에 좋은 것 중 과자처럼 맛있는 것은 없어요.)

우리는 대개 다른 이들의 말과 행동에서 수치심을 느낀다. "너는 나하고는 달라."라는 뉘앙스의 말과 행동에서는 더더욱. 다른 직원이 당연히 문을 열어 줄 거라고 기대하며 문 앞에만 가면 항상 멈춰 서는 상사, 무릎 꿇는 사과를 강요하는 고객이나 매니저, 동네에 들어오는 특수학교 반대 데모에 앞장서는 사람들……. 그런데 문제는 그런 정당하지 않은 상황에서 치밀어 오르는 분노를 느끼는 동시에, 수치심도 느낀다는 사실이다. 무례한 상사의 기대치가 잘못된 것인데 내가 상사처럼 성공하지 못했다고 속상해한다. 고객이라는 이유로 상대방의 인격과 존엄을 짓밟는 갑질이 잘못인데도 부유하지 못한 자신의 처지를 슬퍼한다. 지극히 이기적인 이유로 데모를 하는 이들의 태도가 잘못되었는데, 장애 아동을 낳은 부모로서 죄책감을 느낀다.

나는 종종 장애인으로서 기가 막히는 상황에 부닥치게 된다. 그럴 땐 두 가지 반응으로 내가 느끼는 수치심을 없애거나 줄인다. 일단, 그런 언행을 무시해 버리는 방법이 있다. 언젠가 주치의를 찾기 위해 새로운 의사에게 갔었다. 하는 일이 뭐냐는 질문에 나는 투자 은행에서 애널리스트 일을 한다고 답했다. 그는 "눈이 안 보이는데 무슨 투자 은행 일?"이라며 농담하지 말라는 투로 말을 이어 갔다. 또 언젠가는 밤늦게 퇴근했는데, 회사 앞에서 나를 태운 택시 기사가 공교롭게도 한국분이었다. 안마를 늦게까지 하니 힘들겠다는 얘기를 했다. 내가 월가 회사에서 안마사로 일할 거라고 짐작했던 모양이다. 상황이 몹시 어려운 회사의 채권을 분석하느라 머리를 쥐어짜며 야근했던 것뿐인데. 기가 막혔다.

그래도 이런 상황은 가뿐하게 무시해 버리면 된다. 주치의야 다른 의사를 찾으면 되고, 같은 택시 기사를 다시 만날 가능성도 드물지 않나? 그래서 나는 이런 상황이 오면, 때에 따라, 나의 기분에 따라 반응한다. "JP모건사의 최초 시각장애 애널리스트"라고 말하든지, "월가 사람들 안마하기 참 힘들어요. 스트레스 때문에 얼마나 돌같이 딱딱한지……."라면서 불평을 늘어놓는다.

또 하나의 방법은, 내가 나인 것은 나의 가치관과 언행 등에서 비롯되며 다른 사람들의 생각이나 언행과는 별로 상관이 없음을 스스로 상기하는 것이다. 물론 나에 대해서 수치심을 가져야 할 때는 있다. 아내 그레이스가 말하길, 나의 문제는 앞을 못 보는 것이 아니다. 뚱뚱한 것이 나의 큰 문제란다. 맞다. 다이어트를 한 달 이상 유지하지 못해 뚱뚱한 몸매에서 탈출하지 못하는 나 자신을 스스로 창피하게 생각해야 한다. 극히 약한 내 의지력이 문제니까. 내가 결단하면 충분히 해결할 수 있는 문제니까. 게다가 나는 다이어트에 관한 책을 많이 읽어서 어떻게 살을 빼야 하는지 누구보다 잘 안다. 그냥 실천을 오래 못 하는 '1급 의지력 장애인'인 것이다. 반면, 앞서 언급했듯이 1급 시각장애는 나에게 주어진 삶의 운명 같은 것이므로 내가 창피해야 할 이유는 없다. 그리고 굳이 감추려고 할 이유도 없다.

2014년부터 야나 유학생으로 우리와 같이 살게 된 예진이는 우리에게 아주 소중한 아이이다. 갓난아기 때 우리 곁에 오지는 않았으니, 전형적인 양부모들이 말하듯이 '마음으로 낳았다.'고 할 순 없겠다. 직접 보육원에 가서 여러 아동을 만나 본 후에 정한 아이도 아니라서 '선택된 자녀'라는 말에도 어폐가 있다. 입양하진 못했지만 나는 예진이를 하나님께서 보내 주신 나의 딸이라고 믿는다. 그리고 그 아이가 느꼈던, 자존감과 바꿀 만한 수치심을 덜어 준 것이 내가 예진이에게 준 가장 큰 선물이라고 생각한다.

우리와 같이 생활한 지 얼마 되지 않아, 예진이를 자연스럽게 우리의 딸, 데이비드의 누나로 보는 사람들이 생기기 시작했다. 우리와 사는 것에 익숙해지고 생활의 안정을 얻으면서 예진이도 정말 우리의 딸이 되고 싶은 듯한 표현을 했다. 학교에서만이라도 박예진이 아니라 신예진으로 자신을 소개하면 안 되겠냐고 물었다. 동생 데이비드가 다니던 학교였기 때문에 성이 다른 사실을 이상하게 생각하는 사람들이 있다는 것이다. 또 이사 후 우리가 정착하게 될 교회에서는 그냥 엄마 아빠의 딸로 소개되었으면 좋겠단 말까지 했다. 보육원에서 성장했던 자신의 배경을 숨기고 싶은 마음이 간절해 보였다. 특히 한국 사람들에게는.

"Never be ashamed of who you are."

"너가 너인 것을 절대 창피하게 생각하지 마."

나는 예진이가 알아들을 때까지 이를 강조했다. 부모님의 사정이 여의치 않아 보육원에서 살게 된 것이 전부다. 그런 상황에 예진이가 잘못한 것은 하나도 없다는 사실을 알려 주고 또 알려 줬다. 정말 창피한 것은 보육원 아이들에 대한 편견을 가진 사람들이라고 말해 주었다. 세상에는 부유하고 권력 있는 부모를 만나는 것이 능력이라고 믿는 바보스러운 이들도 있다. 그들이 아무리 크게 그런 말을 한다 해도 바보스러운 주장이 진리가 되진 않는다는 사실을 예진이에게 가르쳤다.

우리와 산 지 5년이 되었을 때쯤부터 예진이는 자신에 대해 아주 떳떳해졌다. 자신을 후원하는 야나의 카페에서 기꺼이 봉사하면서, 야나에 대해 궁금해하는 사람에게 자신의 스토리를 자발적으로 얘기해 준다. 자기 정체성에 대한 수치심, 다른 이들의 언행 때문에 생기게 되는 잘못된 수치심을 예진이가 드디어 내려놓게 된 것이다.

그리고 코로나바이러스로 세상이 약 10개월 정도 흔들렸을 때쯤, 예진이는 간호학으로 진로를 잡았다. 보육원에서 만난 선생님들을 기억하며 사회복지사의 꿈을 꾼 적도 있지만, 세상에 꼭 필요한 사람이 되고자 하는 뜻에서, 그리고 코로나 환자들과 끝까지 같이하는 사람들이 간호사들인 것을 보면서, 그런 선택을 한 것이다.

후천성 장애 외에 나의 정체성이 가져다주는 수치심은 대개 내가 선택할 수 없는 가정환경에서 시작된다. 영어에서 쓰던 은수저(a silver spoon in the mouth)란 표현이 한국에 가서 금수저로 변했고, 영어엔 없는 흙수저가 일반적인 용어가 되었다. 어려운 환경을 넘어서는 일은 쉽지 않지만, 이 도전을 더욱더 어렵게 만드는 것이 배경에 대한 수치심이 아닐까 싶다.

십 대 아이가 스스로 감추려던 자신의 배경을 떳떳하게 여길 수 있게 되었다. 나는 이 덕분에 예진이가 삶을 성공적으로 살아 낼 가능성이 높아졌다고 본다. 그리고 그건 누구나 얻을 수 있는 삶의 이점이라고 믿는다. 누구나 자신의 근본적인 정체성에 창피해야 할 이유는 없으니까.

좇다 보면 알맹이를 잃고 만다

껍데기 Shell

한국인 최초로 쇼팽 콩쿠르에서 우승한 피아니스트 조성진 님의 카네기 홀 독주회. 그 공연을 보고 아내 그레이스와 나는 저마다 다른 감동을 경험했다. 그레이스가 기대를 훨씬 뛰어넘은 벅찬 감동을 받았다면, 나는 그와는 좀 결이 다른 뜻밖의 감동을 받았다. 진작에 깨달았어야 했을 삶의 진리를 그제야 얻어 카네기 홀을 나섰던 것이다.

그레이스는 음악을 좋아하는 사람이다. 중학교 때부터 친구들과 어울려 노래하는 것을 즐겼단다. 고등학생 시절 브라질에서는 교포 2세들과 함께 합창단 활동을 했고, 미국에 와서는 밀알 합창단의 멤버로 노래를 했다. 대학에서는 음악을 전공했을 정도로 그레이스는 음악을 좋아한다. 요즘도 가끔 딸 예진이와 같이 노래하며 즐거운 시간을 보낸다. 그랬기에 조성진 님의 독주회에서 음악을 참으로 즐기는 사람만이 받을 수 있는 감동을 느꼈으리라.

반면 나는 음악을 좋아해야만 한다. 아홉 살 때부터 9년간 피아노 레슨을 받았고, 한동안은 하루에 5~6시간씩 연습하는 열정도 있었다. 전국 시각장애인 학생들이 매년 도전하는 대회에서 슈베르트 환상곡 90-2를 연주하여 최우수상을 타기도 했다. 6학년 때였는데, 나는 그 상이 세계적인 무대로 나아갈 나의 첫걸음이라고 생각했다. 아니, 그렇게 생각하기로 했다.

언젠가 쇼팽 콩쿠르에서 우승한 최초의 한국인이 되겠다고, 유명한 그 어느 무대에서도 당당하게 연주하는 피아니스트가 되겠다고 다짐했다. 끊이지 않는 박수갈채를 한몸에 받으며 두어 곡 더 앙코르 연주를 하는 나를 상상했다. 연주 뒤에, 내 사인을 받거나 나와 한마디라도 나누려고 줄을 서는 팬들의 손을 잡아 주는 모습을 꿈꾸었다. 어디를 가도 날 알아보고 말을 걸어오는 이들과 인사하는 일이 일상이 될 거라고 생각했다. 세계적인 피아니스트로서 받아야 할 대접, 예를 들어 최고의 호텔 객실과 여객기 일등석, 고급 레스토랑 등이 나를 기다리고 있을 거란 공상에 잠기기도 했다. 그런 미래가 오면 나를 무시했던 많은 사람들, 특히 운동을 잘하거나 멋진 차를 몰고 다니는 남학생들을 택했던 여학생들의 후회가 나에게 만족감을 가져다줄 거란 망상까지 했었다.

그러던 내가 10학년 때 피아노를 그만두기로 했다. 피아니스트로서 내가 상상했던 화려한 미래는 절대 오지 않을 거란 결론을 내렸지만, 그게 피아노를 그만둔 큰 이유는 아니었다. 음악을 계속하다가는 세계적인 피아니스트는커녕 소박한 직업도 가능성이 희박할 것 같다는 염려 역시 중요한 이유가 아니었다. 남들처럼 타고난 재능이 없다는 사실은 오래전부터 알고 있었기에 이 또한 이유가 될 수 없었다. 피아노 연습할 시간에 공부를 더 하면 내 인생에 도움이 될 거란 현실적인 생각마저도 이유가 되지 못했다. 이런 것들이 다 복합적으로 작용했겠으나 나를 음악 세계에서 멀어지게 했던 주된 이유는 따로 있었다.

피아노 레슨을 고집했던 어머니는 나에게 이렇게 말씀하셨다. 세계적인 피아니스트가 되라는 게 아니라고. 피아노를 공부해서 학교 선생님, 즉 시각장애 학생들을 가르치는 맹학교 선생님이 되라고. 아주 열심히 하면 대학교수도 목표로 세울 수 있지 않겠느냐고. 즉 음악은 나에게 장애를 극복하여 밥벌이를 할 수 있는 한 가지 방법이었던 거다. 하지만 내가 10학년이 되었을 때 더 이상 부인할 수 없는 사실을 깨달았다. 오

랜 레슨과 연습을 통해 점차 악보를 읽고 외운 대로 피아노 건반을 두드리는 기술은 배웠지만, 음악을 좋아하는 것은 배우지 못했다는 사실이었다. 그리고 그것은 아무리 노력해도 배울 수 없을 것 같았다.

전설적인 바이올린 연주자 이츠하크 펄먼(Itzhak Perlman)은 이렇게 말했다. 아무리 레슨을 받거나 악기를 다룬 적이 없는 아이라도, 표정과 눈빛에서 그 아이의 음악 세계를 볼 수 있다고. 그러니까 나에게 감동을 주거나 나를 즐겁게 혹은 슬프게 해 준 적이 없는 음악은 나에겐 그저 하나의 스킬일 뿐이었던 것이다. 마음과 영혼을 움직인다는 음악이 왜 내게는 별 영향을 끼치지 않는 걸까? 대부분 사람들에게 있는 음악 감상 유전자가 나의 DNA에서만은 빠진 것처럼 말이다. 아무리 음악가의 삶이 어렵다 해도, 부족한 소질 탓에 남보다 더 힘든 삶을 살아야 한다 해도, 내가 음악을 아주 좋아하는 사람, 최고의 행복과 삶의 의미를 음악에서 찾는 사람이었다면 그렇게 허무하게 피아노를 포기하지 않았으리라.

그런데 카네기 홀에서 피아니스트 조성진 님의 놀라운 연주를 들으며 나는 적어도 이 한 가지는 짐작할 수 있었다. 그의 연주 스킬은 타고난 엄청난 소질보다는 상상을 초월하는 연습량, 열정으로 꾸준히 해 온 노력에서 비롯됐을 거란 짐작이었다. 88개의 피아노 키로 만들어 내는 그의 연주는 가능성을 초월하는 소리의 환상이었다. 마치 수많은 우주 행성들의 움직임을 뜻대로 자유롭게 조절하는 마스터 아티스트, 그런 사람만이 그려 낼 수 있는 궁극의 소리를 듣는 것 같았다. 어떤 소리는 마치 바다에 모여 있는 모든 물방울들을 열 개의 손가락으로 쓰다듬으면서, 이제껏 이 세상에선 들어 보지 못한 아름다운 파도 소리를 창조해 내는 것 같았다.

그런 수준의 스킬을 얻기까지 그가 얼마나 열심히 연습했을지 상상할 수 있었다. 그리고 그가 정말 즐기는 것은 세계적인 피아니스트로서 받는 만민의 박수갈채나 정상에 도달한 아티스트가 받아야 할 대접 따위가 아니라 음악, 피아노 연주 그 자체일 거란 생각이 들었다. 정말 즐기거나 좋아하지 않는 것, 순수한 마음으로 사랑하지 않는 것을 1년 365일 꾸준히 지속하기는 무척 힘들다. 피아니스트 조성진 님은 그가 무엇보다 즐기고 좋아하고 사랑하고, 아마도 그의 영혼이 갈망하는 피아노 연주를 계속해 왔을 것 같았다.

나에게도 비슷한 것이 있었다. 나의 감성을 자극하는 것, 나의 마음을 움직이는 것, 나에게서 슬픔과 환희를 자아내는 것은 바로 말과 스토리다. 초등학교 때 글짓기상을 받았는데, 그때부터 나는 글쓰기에 관심을 갖기 시작했다. 이렇게 저렇게 쓰다 보면 그럴듯한 글이, 스토리가 나오곤 했다. 한동안은 소설가의 꿈을 갖고 하루에 적어도 1000단어씩 글을 쓴 적도 있었다. 전에 썼던 글을 읽으며 창피한 마음에 지워 버리기도 했고, 가끔은 뿌듯한 마음으로 다시 저장해 놓기도 했다. 언젠가는 책을 낼 거란 꿈이 있었지만 아주 오랫동안은 나의 만족만을 위해 글을 썼다. 즐거웠다.

그러던 나에게 벽장 속 작가의 생활을 끝내는 기회가 드디어 찾아왔다. 2012년에 인연이 닿은 한 출판사 편집장님의 도움으로 2015년에 에세이집을 출간했던 것이다. 뜻밖에 2주 동안 베스트셀러 리스트에 올랐고 약 1주 정도 계획했던 홍보 투어가 2주로 늘어나면서 꽉 찬 미디어 인터뷰와 강연 스케줄을 유명 작가처럼 감당해야 했다. 성공적인 저자와의 만남 이벤트를 하면서 많은 독자님들의 관심을 한몸에 받기도 했다. 두 번씩이나 책 사인회를 했고, 한번은 길거리에서 팬이라며 달려와 인사하는 독자님을 만나 사진을 찍기도 했다.

그 후 나는 출판사 페북 페이지를 통해 연재 글을 얼마간 썼고, 2016년 1월부터는 《매일경제》 오피니언 페이지에 4주마다 한 번씩 칼럼도 게재했다. 2016년 1월 1일에 올린 페북 연재글, 이제부턴 새해 결심을 하지 않는 것이 나의 새해 결심이란 글에는 1분에 몇십 개씩 '좋아요'가 붙었다. 칼럼이 나오면 네이버 뉴스 사이트에 가서 독자들 반응을 보곤 했다. 책을 읽었다며, 신문이나 텔레비전, 인터넷 등에서 나를 봤다며 인사하는 사람들을 항상 겸손하게 대했지만, 속으로는 나 자신이 좀 더 커진 것 같은 착각에 마음이 들떴다.

문제는 여기에 있었다. 나만의 세계였던 글이 세상에 노출되면서 나는 독자들의 반응을 점점 의식하게 되었고, 내 생각을 솔직히 글로 옮기기보다는 많은 사람이 좋아할 만한 글, 부정적인 댓글보다는 긍정적인 댓글이 더 많이 달릴 수 있는 글을 쓰기 시작했던 거다. 심지어 아내의 솔직한 피드백에도 의기소침해질 때가 있었다. 그러면서 글쓰기가 일이 되어 버렸다. 가족 몰래 먹는 케이크처럼 특별히 달콤했던 글쓰기 시간이 마감 시간을 맞춰야 하는 노동이 되어 버린 것이다.

연주자에게 청중이 그러하듯 작가에겐 독자들이 필요하다. 하지만 독자들을 단순히 나의 자존심을 부풀려 주는 도구로 본다면 결국 진정 어린 글을 쓰지 못하게 될 것이고, 작가라는 두 글자를 내 이름 뒤에 붙일 수 없게 될 것이다. 또 세상의 관심을 받고, 돈을 벌고, 강연 초청을 받으며, 유명 작가가 받아야 할 대접을 어디에서나 받는 삶을 위해 글을 계속 쓰는 건 불가능할 듯하다. 껍데기를 추구하기 위해 써 나가는 알맹이 없는 글은 우선 나에게도 만족을 주지 못하고, 독자들에게도 허무한, 쉽게 잊혀지는 글이 될 게 분명하니까.

이젠 나의 첫사랑에게 돌아갈 때다. 세상의 빅스타가 되는 것, 그 껍데기의 유혹을 뒤로하고, 의미 있는 글, 마음을 움직이는 글을 쓰는 시간을 소중히 여기며 놓치지 않을 것이다. 무엇보다 나에게 의미 있고, 나의 마음을 움직이는 글을 쓰기 위해 안간힘을 다할 것이다. 남을 의식해서 나의 진실됨을 포기하는 것처럼 슬프고 헛된 일은 없을 테니까.

내어놓고 내려놓아야 하는 기억

쓸쓸함 Bitterness

카카오톡이 유명해지기 전 나는 카톡(Car Talk)이라는 라디오 쇼를 즐겨 들었다. MIT를 졸업하고 차 정비소를 경영하던 두 형제가 차에 대한 질문에 답하면서 재치와 농담 등으로 미국 전역 몇백만 명의 팬들을 즐겁게 해 주던 프로그램이었다. 한 청취자는 자신의 차에서 이상한 냄새가 꽤 오랫동안 났다면서 도움을 청했다. 아주 많은 차 모델에 대해 백과사전 수준의 지식을 가졌던 그들도 미스터리를 풀지 못했다. 결국 그 청취자는 차를 정비소까지 몰고 갔고 그제야 그들은 수수께끼의 답을 찾아낼 수 있었다. 차 트렁크에서 몇 달도 더 된 라자냐 한 그릇을 발견한 것이다. 누군가에게 가져다주려고 만들어 차에 실어 놓은 라자냐가 트렁크 한구석으로 밀려 들어가면서 눈에 보이지 않게 되고 결국 잊혀진 것이었다.

이처럼 잊혀진 듯 뇌리에 자주 떠오르지 않지만, 삶을 어렵게 하는 기억이 우리 마음 한구석에도 숨어 있을 수 있다. 날씨가 유난히 선선했던 3년 전 초여름이었다. 나는 오랫동안 잊고 살았지만, 나의 삶에 치명적인 영향을 주었던 기억 하나를 마음 한구석에서 끄집어냈다. 25년이 넘게 나의 삶을 힘들게 했던 그 기억의 씁쓸함. 그걸 드디어 내려놓을 수 있는 산책을 아내와 함께했던 것이다.

첫 책 출간 후 나는 가끔 미디어 인터뷰 요청을 받았다. 2017년엔 「좋은 사람, 좋은 이야기」라는 현지 한국 TV 방송 프로그램에 출연한 적이 있는데, 이렇게 시작하는 질문 하나가 있었다. "아내 분을 만나셨을 때 첫눈에 반하지는 않으셨겠지만……." 나는 즉시 "시각장애인이라고 왜 첫눈에 반하지 못하나요?"라고 받아치고 싶었다. 하지만 그러지 못했다. 그 이유는 정말로 내가 아내에게 첫눈에 반하지 않았기 때문이었다.

아내 그레이스가 '내 사람이다.'라고 느껴진 이유는 많다. 그중 핵심은 그녀가 밀알 장애인 선교회에서 봉사하며 만난 한 장애인으로 나를 받아들이지 않고, 처음엔 동격 친구로 나중엔 한 남자로 나를 받아들였기 때문이다. 뉴욕 퀸스 한인 동네를 활주하고 다닐 때도 그레이스는 나와의 데이트를 창피해하지 않았다. 눈을 둥그렇게 뜨고 빤히 쳐다보는 사람들, 또 이 여자는 어떤 흠이나 장애가 있나, 머리부터 발끝까지 훑어보는 사람들도 그녀의 마음을 흔들어 놓지 못했다.

나와 그레이스는 요즘도 산책을 자주 한다. 코로나바이러스 때문에 집에 갇힌 생활을 하면서도 자주 산책을 해 왔다. 같이 운동 삼아 걸으며 대화를 많이 하는데, 우리를 쳐다보는 사람들은 이젠 그리 많지 않다. 앞서 언급했던 TV 인터뷰를 한 날 초저녁에도 우리는 산책을 하러 나갔다. 맑은 봄날 햇살처럼 사이가 좋을 때도, 아프고 화나게 하는 말이 우리 사이에 천둥 번개를 치게 할 때도, 내가 항상 왼손으로 잡고 걸었던 아내의 오른팔은 닳지 않는다. 1995년 여름 처음 만져 본 아내의 팔은 아직 이십 대 여성의 그것처럼 매끄럽고 부드럽다. 그 팔을 다시 잡고 집 근처에 있는 공원을 향해 걸었다.

나는 시각장애인도 첫눈에 반할 수 있단 말을 하면서, 그것을 의심한 질문에 대해 짜증을 좀 냈다. 그 말을 시작으로 우리는 연애 얘기를 하기 시작했고, 아내는 항상 그랬듯이 내가 그녀의 첫 애인이라고 우겼다. 그러면서 그게 너무 억울하고 후회스럽다고 했다. 그레이스가 나의 첫 애인이라고 말할 수 없는 나는 왠지 그날따라 나의 옛 여자 친구에 대한 얘기를 그레이스에게 해 주었다. 결혼 생활 21년 만에 쉽지 않은 말을 꺼냈던 것이다. 그러면서 나는 오랫동안 간직했던 씁쓸한 기억 하나를 마음속에서 내려놓을 수 있었다. 내 영혼 깊은 한구석에 숨어 있었지만 나의 삶, 아니 그레이스와 나의 삶에 좋지 않은 영향을 끼쳐 왔던 짐 하나를 드디어 내려놓을 수 있었던 것이다.

대학원 공부를 하고 있을 때였다. 교회에서 잘 알고 지내던 한 친구가 결혼을 하게 되었다. 내가 주도해서 그를 위해 배칠러 파티(Bachelor party, 총각파티)를 해 주었다. 독신으로서의 마지막 파티를 친구들과 함께할 때는 당연히 신랑은 남자들끼리, 신부는 여자들끼리 한다. 돈을 버는 사람들이라면 라스베이거스 같은 유흥 도시에 가서 한바탕 놀기도 하지만, 우리는 대부분 돈 없는 대학원생들이었다. 그래서 학교에서 소박하게 밥 먹고 얘기하고 아이스크림을 먹는 것으로 배칠러 파티를 했다. 나는 더 화려하게 해 주지 못해서 미안하단 생각을 했고, 그래서 파티에 참석한 친구들이 비용을 같이 내자고 했을 때 그들의 돈을 받지 않았다.

문제는 새신랑이 된 친구가 신혼여행 후 사람들을 집으로 초대한 파티에 나를 초대하지 않았다는 것을 알게 되면서 시작됐다. 신랑 신부의 친구들이 다 초대받았는데도, 나는 그 파티가 있었다는 것조차도 몰랐다. 신혼여행을 다녀온 친구가 밥을 사길래 나는 그저 배칠러 파티를 해 준 것에 감사 표시를 하는 줄만 알았다. 그런데 이상하게도 식사하는 동안 그의 말투에서 겸연쩍은 뉘앙스가 느껴졌다.

나의 옛 여자 친구에게 그 얘기를 해 주었을 때 나는 비로소 그가 왜 밥을 사면서 겸연쩍은 투로 나를 대했는지 알 수 있었다. 파티에 나를 초대하지 않아서 그랬다는 것을. 그 말을 들었을 때 좀 속상하기는 했지만, 그럴 수도 있겠단 생각을 하지 않을 수 없었다. 그때는 내가 안내견과 같이 다니던 시절이었는데, 그런 친구를 한국 사람들이 오는 파티에 초대한다는 게 쉽지는 않았을 테니까.

"아, 그래도 그렇지." 나는 친구를 향한 화를 즉시 억누를 수는 없었다. 부탁을 했다면 안내견을 기숙사 방에 잠시 두고 참석할 수도 있었을 텐데. 결국 이런 오해는 두 친구가 밥 한 번 같이 먹고, 한 대 때리고 악수하며 풀 수 있는 문제였다. 적어도 나에게는 그랬다.

하지만 여자 친구의 생각은 달랐다. 그녀는 나를 2년 이상 만났음에도 그런 일이 아주 크게 느껴졌던 모양이다. 결국 그 일 때문에 여자 친구와 크게 다투었다. 장애를 가진 남자 친구가 남편이 된다면 그런 왕따 경험이 자신에게도 자주 일어날 것이고, 그런 것을 감수할 만큼 또 그 때문에 괴로워하는 그녀를 감싸 주고 위로해 줄 만큼 우리의 사랑이 확실하지 않았기에, 우리는 서로를 많이 아프게 하는 말을 주고받았다.

사람의 기억은 참 이상하다. 처음에는 내가 좋은 쪽으로 해석해서 이해하려 했던 친구와 그의 아내의 결정이, 나의 기억 속에서는 여자 친구와 헤어질 수밖에 없었던 기억과 냉혹하게 연결되어 아주 씁쓸하게 남아 있었던 것이다. 우리가 헤어지게 된 원인은 우리에게 있었지만, 가슴 쓰라린 슬픔이 따랐던 기억은 이성적인 분석을 배제한다. 그리고 그런 씁쓸한 기억을 내려놓지 못하면 오늘을, 남은 삶을 충만하게 사는 데에 장애가 될 수밖에 없다.

나는 아직도 그레이스가 왜 나를 선택했는지 완전히 이해할 수 없다. 밀알 세미나에서 장애인과의 결혼에 대해 토론할 때, 그녀는 유일하게 장애인과는 결혼할 수 없다고 확신하며 말하던 사람이었다. 언젠간 그녀도 장애인 배우자와 같이 사는 데 한계를 느끼지 않을까 하는 불안감을 좀처럼 떨쳐 버릴 수 없었다. 우리의 부부싸움은 종종 이런 나의 불안감에서 시작되었던 듯하다. 예를 들어, 다른 사람 집에 가서 그 크기나 인테리어를 보고 아내가 칭찬할 때면 나는 괜히 짜증을 부리고 화를 냈다. 더 잘 사는 사람에 대해 누구나 느끼는 열등감 콤플렉스라고도 할 수도 있겠지만, 나의 열등감은 시각장애가 가장 큰 근원이었으리라. 더 잘사는 사람의 환경을 아내가 부러워하는 듯한 말을 할 때면, 나는 우리가 더 좋은 환경에서 살지 못하는 이유를 나의 장애 때문이라 생각한 거다. 그런 반응 아래 숨어 있는 속삭임은 이런 것이었다.

'언젠간 그레이스도 내가 앞을 못 보는 것을, 우리 삶을 방해하는 아주 심각한 장애로 여기겠지.'

이런 잠재적 상상이 가져다주는 미래의 아픔은 옛 여자 친구와 헤어질 때 느꼈던 아픔과는 비교할 수 없을 정도로 크다. 그래서 이유 없이 싸움을 걸고 아내의 마음까지 상하게 하는 일이 드물지 않게 되풀이됐던 것이다.

우리 마음 한구석을 차지하고 있는 씁쓸한 기억들 중에는 언젠가 우리가 사랑했던 사람들에 대한 기억이 많을 것이다. 마음의 상처를 주고받았던 사람이 애인이었든 친구였든 부모나 형제였든, 그런 과거의 기억은 현재 우리의 삶에 치명적인 타격을 줄 수 있다. 좋은 관계를 맺고 유지하는 데 큰 방해가 되는 씁쓸한 경험을 무엇보다 먼저 내려놓아야 한다고 나는 믿는다. 그러려면 기억 속 그 사람을, 혹은 나 자신을 용서해야 할지도 모른다. 그 일이 아주 힘들다 해도, 나를 위해, 또 내가 지금 사랑하는 나의 사람을 위해 실천을 해야 하지 않을까.

긴 산책이 끝날 때쯤, 그 씁쓸했던 기억과 현재 두려움을 그레이스에게 다 풀어놓았을 때쯤, 내 가슴은 좀 후련해졌다. 퀸스 거리를 같이 활주하고 다니면서 우리를 쳐다보는 사람들의 눈을 똑바로 보던 그녀가 아직도 내 옆에 있다. 우리의 사랑은 주위 사람들의 태도나 행동 때문에 무너질 만큼 약하지 않다는 사실도 새삼스럽게 다시 확인했다. 우리의 부부싸움도 이젠 좀 줄어들까? 나는 그럴 거라고 확신한다. 일부나마 그 원인이 되었던 나의 씁쓸한 기억과 아픔을 우리가 산책했던 공원 연못 속에 던져 버리고 왔으니까.

라벨이 주는 거짓 신호

우월감 Superiority

미국엔 대형 이동 통신 회사가 넷 있다. 우리 가족은 그중 통신 시설이 가장 좋다는 V사 고객이었다. 적어도 지난 15년간 이 회사 시스템에 연결되는 핸드폰을 갖고 다녔다. 처음에는 아내와 나만 가입해 둘뿐이었지만, 지금은 아이들을 비롯해 우리 계좌에 가입되어 있는 사람이 여섯이나 된다. 그러다 보니 비용도 꽤 불어났다. 요금 230달러에 세금이 더해진 고지서를 다달이 받았다. 이 금액은 자동으로 매달 카드 계좌에서 결제됐기 때문에 그렇게 크게 신경을 쓰지 않고 지냈다.

얼마 전 나는 가족 예산을 다시 짜며 매달 꼬박꼬박 나가는 전화 비용에서 컴퓨터 커서를 멈췄다. 현대를 사는 사람들에게 필수품이 돼 버린 스마트폰 서비스업은 언젠가부터 회사에 따라 서비스 질이 그리 크게 차이 나지 않는 평준화 분야가 됐다. 이 사실을 증권 분석 일을 하는 내가 모를 리 없었다. 그런데 왜 지금까지 가장 비싼 요금으로 알려진 V사에서 경쟁사로 옮길 생각을 하지 않았을까? 이유를 곰곰이 생각하던 내게 떠오르는 기억이 하나 있었다.

우리는 2013년 여름까지 뉴저지주 서밋이라는 타운에 살았었다. 아는 사람들은 다 아는, 부유한 사람들이 많이 사는 동네다. 뉴욕시를 떠나 근교로 이사하려고 계획했을 때, 옛 모건사 동료가 살고 있던 서밋에 놀러 갔다가 결국 그곳에 있던 아담한 집으로 이사하게 된 것이다. 그런데 아이들을 크리스천 학교에 보내기 위해 우리는 10년 동안 살았던 서밋을 떠나 북뉴저지 페어론으로 다시 이사하기로 결정했다. 그 소식을 들은 한 지인이 이렇게 말했다. "아, 페어론, 평민들 사는 데."

당시에는 그저 웃어넘겼다. 그 뒤로 살고 있는 도시나 졸업한 학교, 다니는 회사나 즐겨 가는 휴가지 등의 이름을 내세워 다른 이들에게 부러움을 사려는 사람들을 만날 때마다, 나는 평민들이 사는 페어론에서 왔다며 빈정대는 말투를 쓰곤 했다. 그런데 왜 이동 통신 회사 선택에 관한 생각을 하면서 이 기억이 내 뇌리를 스쳐갔을까?

이유는 간단했다. 비용이 가장 저렴한 S사로 바꿨다는 사람들 말을 들으면서 우리가 아직도 V사 고객이라는 사실에서 우월감 같은 것을 느끼곤 했기 때문이다. 남들보다 더 가졌다는 사실, 그래서 무엇이나 최고의 것을 쓴다는 사실을 공공연하게 보여 주려는 사람들과 내가 다르지 않음을 깨달았다. 사는 지역, 타고 다니는 차, 입는 옷, 신발, 들고 다니는 가방 등의 이름에서 자존감을 얻는 이들보다 더 바보스럽게 돈 낭비를 해 왔던 나를 책망하지 않을 수 없었다.

마음 한구석 V사가 주었던 어처구니없는 자존감 같은 것을 내려놓기로 한 나는 즉시 이동 통신 회사 쇼핑에 나섰다. 지난 주부터 우리는 S사 고객이 됐고 한 달에 110달러로 비용을 줄일 수 있었다.

사람들은 상품이 아니다. 따라다니는 라벨로 다른 이들을, 또 나를 판단할 수 없다. 인정받기 위해, 부러운 눈길을 얻기 위해, 또 가볍게 보거나 얕보는 듯한 눈길을 피하기 위해 우리가 얼마나 많은 것을 소모하는지 모르겠지만, 무시할 수 없을 만한 노력과 액수일 것 같다. 내가 만일 계속 V사를 고집했다면 한 달에 120달러, 1년에 1440달러, 10년이면 1만 4400달러(약 1600만 원)를 낭비했을 거란 계산이 나온다. 쓸데없는 자존감을 사기엔 너무 큰 액수다.

그런데 돈 낭비보다 더 심각한 문제가 있다. 바로 이런 것들이 내게 거짓 우월감을 준다는 사실이다. 나의 인간적 가치는 내가 얼마나 가졌느냐에 달려 있지 않다. 아무리 돈이 아주 많은 사람들이 신으로 숭배되는 세상이라지만, 나의 자산과 재능을 지혜롭게 쓰면서 다른 이들을 섬기는 게 나에게 더 소중한 가치가 되어야 한다고 생각한다. 이를 방해하는 이름들, 아직도 나를 거만하게 만드는 그것들을 내게서 없애려고 계속 노력해야겠다.

우리에게 필요한 것, 그러나 중독되지는 말 것

돈 Money

여러 지인과 돈에 대한 토론을 한 적이 있다. 돈이란 과연 무엇인가 하는 질문에 뜻밖에 많은 의견이 쏟아졌다. 말이 별로 없는 아주 얌전한 분도 돈에 대해서는 진솔한 생각을 털어놓았다. 돈은 삶에 꼭 필요한 것이란 생각부터, 많이 있으면 있을수록 좋은 것 아니냐는 주장도 나왔다. 또 돈은 지극히 중립적이지만 사람들이 어떻게 쓰느냐에 따라 선의 도구가 되기도 하고, 악의 원천이 되기도 한다는 말도 들었다. 나 역시 내가 오래전부터 생각해 왔던 소견을 내놓았다. 돈은 사람을 변화시키는 힘을 갖고 있는데, 긍정의 길보다는 부정의 방향으로 사람을 이끄는 힘이 더 강한 것 같다고 말했다. 나는 사업 성공으로 큰돈을, 몇 년 안 되는 짧은 기간 안에 벌게 된 사람 중 불행해진 이들을 많이 만났기 때문에 그런 생각을 하게 되었다고 덧붙였다.

로또의 행운을 차지한 사람 중 대부분이 몇 년 가지 않아 빈털터리가 된다는 통계를 언급하면서 나의 말에 동의한 분도 있었지만, 이렇게 말하는 분들이 더 많았다. 아무리 그렇다고 해도 돈벼락이라도 한 번 맞아 봤으면 좋겠다고. 갑자기 생긴 큰돈으로 더 좋은 일을 많이 할 거라고 다짐하면서.

나도 비슷한 생각을 할 때가 있다. 가끔 사는 로또 티켓, 몇억 달러의 가능성을 가져다주는 작은 종이 한 장을 지갑 속에 넣고 그 많은 돈이 우리 계좌에 들어오는 공상에 잠긴다. 액수에 따라 90~95%를 한국 보육원 아이들을 돕는 야나 미니스트리에 기부하기로 마음먹는다. 가족이 되어 같이 사는 아이의 숫자도 현재 한 명에서 다섯 명, 여섯 명 이상으로 계속 늘린다. 그리고 회사를 그만두고 글쓰기에만 열중하는 일상을 꿈꾼다. 큰돈을 갑자기 벌어 불행해지는 사람들을 많이 접했음에도 이런 상상을 하는 데에는 이유가 있다. 100명 중 99명이 돈의 유혹으로 최고 갑질 챔피언이 된다 해도, 나는 절대 그렇지 않을 거란 자신감이 있었기 때문이다. 돈의 혜택을 많은 이들과 나눌 거란 결심을 결코 저버리지 않을 것이라고, 나는 나 자신을 믿었다.

그런데 이런 생각이 오만이며 오산이었음을 가르쳐 준 한 인터뷰를 듣게 되었다. CBS의 김현정 앵커가 효암학원의 채현국 이사장님과 나눈 이야기는 충격적이었다. 인터뷰 당시 85세였던 이사장님은 한때 석탄 사업으로 아주 많은 돈을 벌었다고 했다. 1970년에는 개인소득 전국 2위를 기록했고 다섯 번이나 10위 안에 들었단다. 하지만 24개 계열사를 모두 정리하고, 모은 돈을 정권의 부당함으로 고초를 받은 많은 분들과 회사 직원들에게 나눠 주고 교육자가 되셨다고 했다.

돈은 필요할 뿐이지 좋은 것일 수는 없다고 이사장님은 말씀하셨다. 내가 가지면 남은 갖지 못하기 때문이다. 다른 이들과 함께하지 못하게 막는 게 돈이다. 또한 돈은 대단한 마약이라고도 하셨다. 밥은 실컷 먹으면 맛이 없어지지만 돈은 많을수록 더 매력이 있다. 끝없는 마력으로 사람을 미치게도 한다. 결국, 돈이 자신을 미치게 하는 것을 의식하고, 그 마력에서 벗어나려고 다른 이들에게 돈을 나눠 주었다는 것이다.

돈에 강한 힘이 있다는 것은 알았지만 그 정도일 줄은 몰랐다. 유혹에 절대 넘어가지 않을 거란 나의 자신감이 아주 우습게 느껴졌다. 인격이 훌륭한 그분도 별수 없었다는데.

그 어떤 통찰력 있는 관점도 쉽게 100% 받아들이지 못하는 버릇이 있는 나의 뇌리에서 그분의 말, "돈은 필요할 뿐이지 좋은 것일 수는 없다."는 말이 좀처럼 떠나지 않았다. 왜냐하면 돈의 부정적인 힘에만 초점을 두었다는 생각을 떨쳐 버릴 수 없었기 때문이다. 아주 많은 돈, 특히 갑자기 생기거나 일하지 않고 갖게 되는 돈, 예를 들어 로또 당첨이나 뜻밖에 물려받게 된 돈에는 사람을 미치게 하거나 나쁜 방향으로 이끄는 힘이 있을지 모른다. 하지만 이런 상황을 제외하면 돈은 대체로 좋은 것이란 생각도 하지 않을 수 없다.

돈이 가져다주는 안정감은 무시할 수도, 부인할 수도 없다. 비바람이 몰아치는 날에 우리를 보호해 주는 빌딩의 탄탄한 벽처럼 돈은 삶의 어려움에서 우리를 보호해 준다. 굶주림에서, 위험에서, 병에서, 불쾌감에서……. 2020년 초부터 세계를 흔들어 놓고 있는 코비드-19 팬데믹에도 돈의 차이는 너무 투명하게 나타났다. 부유한 사람들은 뉴욕시 아파트를 떠나 별장으로 향했다. 피해가 유난히 많은 곳들은 거의 다 소득이 낮은 도시들이었다. 그런데도 왜 돈이 좋은 것이 될 수 없다고 그분은 말씀하셨을까?

결혼 후 아내는 매일 아침 내가 은행에 전화를 거는 버릇을 보고 놀랐다고 한다. 이제는 웹사이트나 스마트폰 앱으로 그 일을 하지만, 옛날엔 전화 ARS 시스템을 이용해 전날 계좌에서 지불된 수표를 확인하고 계정 잔액을 체크했었다. 이렇게 나는 항상 은행 계좌에 얼마가 있는지, 발행했지만 지불되지 않은 수표 액수가 얼마인지 파악하고 있었다. 여유가 있는 시기도 있었고, 들어올 액수와 나갈 액수를 계산했을 때 전혀 답이 나오지 않는 경우도 많았다. 어쨌든 나의 금전적인 상황을 항상 몇 센트까지 알고 있어야 했다. 생각해 보면 돈이 가져다주는 안정감을 내가 아주 중요하게 여겼기 때문이었으리라. 뒤집어 생각하면 돈이 가져다주는 불안감, 두려움 때문이기도 했으리라.

돈은 나의 장애를 가려 주는, 때로는 장애를 만회시켜 주는 도구이기도 했다. 월가 회사에서 일하는 내가 돈을 아주 많이 벌 거라고 짐작하는 사람들이 많다. 학생 때 상상했던 것보다는 훨씬 많은 돈을 버는 직업을 갖게 된 것은 사실이다. 그러나 나는 많이도 벌지만, 또 어떤 땐 너무 많이 쓰는 삶을 살아왔다. 남편이 장애인이라서 더 잘살지 못한다는 생각을 아내가 할까 봐 더 넓은 아파트, 더 좋은 동네의 집, 더 비싼 차를 선택했다. 장애인 아빠를 두어서 부족함이 많다는 생각을 아이들이 할까 봐 매년 가족 휴가를 한 번은 가까운 곳으로, 또 한 번은 먼 곳으로 가곤 했다. 장애인이지만 어느 정도 경제적 성공을 했다는 사실을 보여 주기 위해 한국에서 매년 오는 보육원 아이들을 화려한 스테이크 하우스에 데려갔었다. 이렇게 나의 연약함을 만회시켜 주는 돈을 그분은 왜 좋은 것이 아니라고 주장하시는 걸까?

며칠 동안 이 문제로 고민한 끝에 나는 결론에 이르렀다. 맞다. 돈은 필요한 것일 뿐, 좋은 것은 아니다. 대학을 가려고 집을 떠난 뒤 나는 돈의 힘에서 자유로운 적이 없었던 듯하다. 내려가는 잔액이나 올라가는 채무 간의 밸런스를 보면서 매일 불안감과 싸워야 했다. 더 큰 문제는 남들에게 보여 주기 싫은 나의 연약한 모습을 돈으로 감추려고 노력했단 사실이다. 이미 말했듯이 그 중심에는 내가 극복했다고 말하고 다니는 나의 장애가 있었다. 빨래나 쓰레기 등을 서랍이나 벽장에 넣어 놓고는 손님에게 말끔한 집을 보여 주듯, 나는 돈이란 것에 의존하여 나의 자존심을 지켰다. 돈은 있다가도 없어지고 없다가도 생기는 것인데 그렇게 의존했다니. 아주 많거나 갑자기 생기지 않았어도 돈은 나에게 꽤 부정적인 영향을 끼쳐 왔던 셈이다. 그리고 이렇게 우리를 돈의 노예로 만드는 건 육신의 장애뿐만이 아닐 것이다. 외모, 집안 배경, 학벌, 직업 등도 돈과 관련시킨다면 우리는 결코 돈의 힘에서 벗어나지 못하리라.

"오늘날 우리에게 일용할 양식을 주옵시고."란 기도가 왜 성경에 나와 있는지 알 것 같다. 하루하루의 필요함이 채워지는 것에 감사하기로 마음먹는다. 아주 큰돈을 갖게 되는 미래를 더 이상 꿈꾸지 않을 것이다. 물론 로또 티켓에 돈을 낭비하지도 않을 것이다. 만일 내가 하는 일로 자연스럽게 큰돈을 벌게 된다고 해도, 헤어 나올 수 없는 산더미 같은 짐이 되기 전에 나누어 줄 것이다. 혹 미쳐 가는 나를 의식하지 못해서 피할 수 없을지도 모르니까. 무엇보다 나는 돈의 긍정적인 힘이 나를 통해 꼭 필요한 이들에게로 흘러가야 나 자신에게도 즐거움이 될 거라고 믿는다.

사로잡히면 흔들린다

뉴스 News

라디오가 가장 친한 친구였던 적이 있다. 22번이 넘는 눈 수술로 입원 생활도 오래했지만, 퇴원 후 회복하라는 의사 선생님들의 권고에 따라 오랫동안 집에서 안정을 취해야 했다. 게다가 학교에 가야 할 때쯤, 그때까지 의지했던 오른쪽 눈의 망막이 떨어지면서 나는 또다시 병원 생활, 회복 생활을 해야 했다. 그때마다 항상 내 곁에 두고 친구 삼았던 것이 바로 라디오였다. 야구 중계, 라디오 드라마, 어린이 프로그램 등을 즐겨들었는데, 언젠가부터는 한 시간마다 한 번씩 하는 뉴스도 듣기 시작했다. 아는 사람들의 동네에서 사고 소식, 화재 소식, 범죄 소식 등이 들려오면 엄마에게 달려가 알리고, 친척이나 친구들이 괜찮은지 알아봐 달라고 조르기도 했다. 미국에 온 뒤에도 한동안 라디오 뉴스를 통해 영어 듣기를 연습했다.

그런데 언제부턴가 배터리를 쓰는 라디오는 정전 사태 대비 비상품이 되었고, 큰 화면의 텔레비전이나 태블릿 또는 스마트폰이 우리에게 다양한 엔터테인먼트, 뉴스, 정보 등을 전하는 세상이 왔다. 특히 스마트폰은 현대를 사는 우리에게 없어서는 안 될 필수품이 되었다. 한 시각장애인 어린아이에게 친구가 되어 준 라디오보다 훨씬 더 필수적인 물건이 되어 몇십억 인구의 삶을 바꾸어 놓은 것이다. 삼성의 갤럭시나 애플의 아이폰도 코카콜라와 맞먹는 세계적인 브랜드로 발돋움했다.

이 애플사의 주가가 1조 달러까지 올랐다는 뉴스가 2018년 8월 2일에 세상에 알려졌다. 1조는 100만의 제곱이고, 한국 돈으로 환산하면 약 1129조 원이다. 역사상 처음으로 1조 달러 고지에 도달할 만큼 애플사는 아주 많은 사람이 쉽게 쓸 수 있는 상품을 만든다고 생각한다. 보이스오버라는 스크린리더를 아이폰과 아이패드 등의 본 기능 중 하나로 개발하면서 애플사는 시각장애인들도 그들의 고객이 될 수 있도록 노력했다. 나도 아이폰을 쓴다. 보이스오버가 스크린에 나타나는 정보를 읽어 주고, 한 한국 회사가 개발한 리보 키보드를 사용해 터치스크린을 조절하고 타이핑도 한다.

그런데 현대의 필수품 같은 물건을 나도 쓸 수 있다는 사실이 꼭 좋은 것만은 아님을 깨닫게 됐다. 얼마 전 나 자신이 이상해졌음을 발견한 것이다. 아무것도 아닌 일에 짜증을 내고, 다른 이들의 말이나 행동을 몹시 나쁘게 해석하고 판단하고 있었다. 마치 큰 화가, 견디지 못할 만큼 큰 증오가 마음속에 쌓인 사람처럼.

누구에게 그렇게 화가 났는지 곰곰이 생각해 봤다. 특별한 사람이 떠오르지는 않았다. 꽤 오랫동안 부딪쳤던 상사도 내가 원하던 부서로 2년 전에 나를 보내 줬고, 그와 진정 어린 화해를 한 후 친근한 관계를 유지해 오고 있었다. 아이들도 집에서 공부를 잘하고 있었고, 아내도 팬데믹 때문에 일과가 단순해졌지만 잘 견디고 있었다. 결국 나에게 스트레스를 주는 사람은 주위에 없었다.

며칠 더 고민해 보다가, 나는 나와 직접적인 관계가 없는 사람들에게 화를 내고 있음을 깨달았다. 나의 하루 일과를 관찰하다 보니 알게 된 사실이었다. 아무래도 나는 팟캐스트 뉴스 프로그램 앱이나 인터넷 사이트를 통해 읽는 뉴스의 양이 많다. 새벽부터 시작해 온종일 이어폰을 끼고 있으니까. 《월스트리트 저널》과 《뉴욕 타임스》를 다운로드해서 듣고, 여러 매체가 제작하는 뉴스 팟캐스트도 듣는다. 종일 쏟아지는 뉴스를 주의 깊게 듣는 것이다. 특히 점점 더 심각해져 가는 코로나바이러스 사태에 대한 뉴스, 위기를 더욱더 심각하게 만들어 가는 트럼프 대통령의 위험한 말 등을 들어왔다. 마스크를 쓰는 것은 자신을 싫어한다는 표현이라고 말하는 대통령, 그런 그를 하나님께서 보내 주신 대통령이라면서 칭송을 아끼지 않는 크리스천들, 또 그들 때문에 바이러스 감염과 죽음이 더 증가하는 현실 등등. 이성을 초월하는 두려움이나 격해지는 화에 사로잡히지 않을 수 없는 몇 달이었다는 결론을 피할 수 없었다.

뉴스 미디어는 누가 잘한 일보다는 고쳐야 할 일, 비난받을 일, 또 비난의 수준을 넘어 규탄받아 마땅한 일 등을 더 많이 보도한다. 뉴스를 다 믿는다면 미국이나 한국이나 정치인들은 이기적이고 무례하며 추한 행동과 기막힌 망언을 서슴지 않는 사람들이다. 많이 가졌다고 비인간적인 갑질을 계속해대는 부자들은 또 어떤가? 하나님의 보호를 믿는다면서도, 총기 사건으로 많은 미국인이 희생되는 것을 보면서도, 총기 소유 권리를 고집하는 크리스천 로비 그룹들은 또 어떻고. 부정을 막아야 하는 경찰과 검찰과 법원이 부정을 저지를 뿐만 아니라 관행처럼 이런 것들을 덮어 버리는 현실 등도 있다. 이런 뉴스를 종일 접하면서 이성을 계속 유지할 사람들은 그리 많지 않을 듯하다.

게다가 요즘은 감정이 앞서는 반응을 얻어 내려는 노력이 더 심해진 것 같다. 많은 사람의 관심을 사는 보도, 그래서 소셜 미디어 트렌딩의 톱이 되는 보도를 자주, 매일 전하는 것이 마치 저널리즘의 궁극적인 목적이 돼 버린 게 아닌가 걱정될 정도다. 인터넷을, 즉 세상을 자주 흔들어 놓는 것은 부정, 불공평, 갑질 등이다. 결국 나는 사람들을 분노시키는 사건들을 아침부터 저녁까지 내내 접하며 살았던 것이다. 쓸데없는 감정 소모로 잃어버린 건강한 일상의 리듬을 다시 찾아야겠단 생각이 들었다.

문제에서 답을 찾기로 했다. 애널리스트 일을 하니 뉴스를 완전히 끊을 수는 없다. 하지만 뉴스보다는 음악을 더 많이 듣기로 했다. 나와 아내가 오래전부터 갖고 있던 CD의 음악 파일들을 어디서나 들을 수 있도록 아이폰으로 옮겼다. 좋아하는 뮤지컬 노래가 하루를 밝게 만든다. 첼로의 그윽한 소리가 마음을 진정시킨다. 옛날에 내가 쳤던 클래식 피아노곡이 복잡한 내 생각을 정돈해 준다.

세상이 어떻게 돌아가는지 완전히 무시하고 살 수는 없으리라. 또 불공평을 줄이려는 노력도 나름대로 열심히 해야 한다고 믿는다. 하지만 내가 알지도 못하는 사람들의 이야기로 인해 너무도 자주 감정이 요동친다면, 내가 알 뿐만 아니라 내가 사랑하고 보호해야 하는 이들에게까지 피해를 주는 언행이 내게서 나올 수 있다. 영혼까지 깨끗하게 해 주는 음악을 더욱 자주 들으면서 내 마음을 점령하려는 부정적인 생각과 감정을 이겨 내야지. 그게 뉴스에 흔들리지 않기 위해 내가 내린 현실적인 처방이다.

내 것이라고 항상 믿을 수는 없다

감정 Feelings

무시해서도 안 되지만 그렇다고 해서 자주 믿어도 안 되는 것이 있다. 바로 감정이다.

원래 나는 인종 차이에서 비롯되는 문제에 그리 신경을 쓰지 않았었다. 눈이 보이지 않기 때문에 본인이나 다른 사람이 말해 주지 않는 이상, 뚜렷한 악센트가 없는 누군가가 무슨 인종의 사람인지 알 길이 없다. 대학 1학년 때 만난, 나를 자주 도와준 학교 부학장님이 흑인이었음을 6년 뒤에나 알았을 정도다. 물론 그 사실을 알고 나서도 달라진 것은 아무것도 없었다.

인종 문제가 본격적으로 나를 불편하게 한 사건은 2016년에 시작되었다. 나와 신앙적 정체성이 같은 에반젤리칼 크리스천들이 트럼프 후보에게 압도적인 후원을 보낸 것이다. 특히 백인 에반젤리칼 유권자 중 80%가 그에게 표를 주었다는 사실은 받아들이기 힘든 통계였다. 이웃을 사랑하라는 예수님의 가르침을 사명으로 받은 이들이 "미국 우선"을 강조하는 후보를 그렇게까지 지원했다는 사실을 믿을 수 없었다. 도저히 반대 후보를 지지할 수 없어서 트럼프를 선택할 수밖에 없다면 그나마 이해할 수 있겠지만, 트럼프를 하나님께서 보내주신 크리스천들의 '드림(dream) 대통령'이라고 고집하는 많은 백인 크리스천들은 도저히 이해할 수 없었다. 더구나 내가 존경했던 고등학교 선생님, 그리고 한동안 짝사랑했던 고등학교 친구 등이 페북에 올리는 트럼프 찬양 메시지들을 보면서, 백인 우월주의와 같은 인종 차별 문제를 내가 너무 가볍게 여긴 것 같단 생각을 했다.

2019년 초 나는 개인적으로 인종 차별을 의심할 수밖에 없는 경험을 했다. 버겐 카운티 아카데미에서 공학 공부를 하려던 아들 데이비드의 꿈이 깨진 것이다. 이 소식을 전하는 편지를 학교로부터 받았을 때, 아이에게 어떻게 얘기해 줘야 할지 몰랐다. 살면서 처음 가게 된 학원에서 매주 토요일마다 온종일 공부했던 아들이 생각났다. 학교에서 가르쳐 주지 않는 미국 수학 경시대회 스타일의 문제들을 매일, 거의 6개월 동안 푸느라 땀을 빼던 아들이 생각났다. 수학은 외운 공식에 따라 숫자를 맞춰 넣는 게 아니라는 사실을 비로소 알게 된 아들이 생각나 씁쓸하게 웃었다. 논리적으로 문제를 생각하고 독창적인 계산법을 창작해 내는 것이 수학이란 진리를 깨달은 아들이 자랑스러웠다. 학원에서도 평균을 웃돌던 데이비드가 합격하지 못할 거란 생각은 나도, 아내도, 특히 학원 원장님도 하지 않았었다.

버겐 카운티는 인구가 93만 2000명이 넘는, 한국식으로 말하자면 뉴저지주에 속한 하나의 군이다. 북뉴저지에 위치한 이곳은 뉴욕시로 출근하는 사람들이 많고 소득도 꽤 높은 편이다. 게다가 아시아계 미국인들이 많이 살아서 교육열도 높다. 버겐 카운티 아카데미(BCA)는 그 군에 속한 58개의 시와 타운에 사는 아이들이 시험과 면접을 통해 입학할 수 있는 특수 고등학교다.

그런데 2018년, 7학년을 끝낼 무렵 데이비드가 BCA에 응시하겠다고 말했다. 초등학교 3학년 때부터 크리스천 학교를 다녔던 아이가 갑자기 공립학교를, 그것도 특수학교 중에서도 경쟁이 제일 심하다는 BCA에 가겠다고 말한 것이다. 나와 아내는 놀라지 않을 수 없었다. 달리기에서 꼴찌를 해도 포기하지 않았다며 자축을 하는 아이이다. 몇 주 전 한국에서 전학 온 친구, 그러니까 영어를 아직 잘 못하는 친구가 자신보다 더 좋은 시험 점수를 받았다는 말을 듣고, 박수를 치며 축하해 주던 아이다. 그런 데이비드가 야망과 열정 넘치는 아이들이 치열한 경쟁을 벌이는 BCA에 가겠다고 결정한 것이었다.

아이에게 이유를 묻지 않을 수 없었다. 데이비드는 뭔가를 자신의 손으로 만들고 싶다고 했다. 어렸을 때는 레고를 즐기며 갖고 놀았고, 몇 년 전부터는 플라스틱이나 나무로 뭔가를 만드는 취미에 몰두하곤 했다. 금속을 녹이는 도구와 시설을 갖고 싶다던 아이, 그래서 많은 연장이 들어 있는 툴박스를 크리스마스 선물로 받고 좋아했던 아이가 웬만한 공대보다 공학 시설이 더 잘 갖춰진 BCA를 발견한 것이다. 어렸을 적 자신의 아빠가 앞을 볼 수 없다는 사실을 알게 되었을 때, 언젠가 볼 수 있게 해 주는 도구를 만들어 주겠다던 아이다. 「스타트렉」에 나오는 시각장애인 엔지니어가 쓰고 있는 '바이저', 완벽한 시력을 가능케 해 주는 그 도구를 보고 미래에 비슷한 것을 만들겠다던 아이다. 그런 꿈을 일찌감치 펼칠 수 있는 학교에 가겠다는 아들의 뜻을 받아들이면서도, 데이비드가 그 학교에서 받을 스트레스가 걱정됐다. 시험 준비를 위해 학원에 보내고 주말마다 아이와 같이 수학 문제를 푸느라 나도 애를 썼다.

그런데, 결국 불합격 통보가 온 것이었다. 무엇이 모자랐을까? 수학과 에세이 시험에서는 우수한 성적을 받았을 텐데. 연습 시험을 꽤 잘 소화해 냈고 본 시험 전에 받은 점수는 입학 커트라인보다 꽤나 높았었다. 실전에서 너무 떨어서 시험을 잘 못 봤나? 또 같은 타운 아이들과 입학 경쟁을 하는 거라 좀 불리했나? 교육열이 유난히 높은 우리 동네에는 BCA에 응시하는 아이들이 많아서 입학률이 평균보다 낮다는 사실은 알고 있었다. 아무래도 공립학교에서 공부한 아이들의 실력을 크리스천 학교에 다닌 데이비드가 따라가지 못한 것은 아닌가 하며 아쉬워했다.

설상가상으로 학원 원장님에게서 걸려온 전화는 내 속을 더 뒤집어 놓았다. 아내가 전화를 받자마자 그는 데이비드의 면접 날짜를 물었다. 틀림없이 합격했을 거란 생각에 그렇게 대화를 시작한 것이다. 원장님은 불합격 소식을 듣고는 아마도 선생님 추천서가 문제였을 거라고 말했다. 합격한 아이들보다 데이비드가 더 우수한 성과를 냈기 때문에 문제가 될 것은 그것뿐이라는 말이었다. 그 말을 듣자마자 나와 아내는 추천서를 써 준 세 분의 선생님 중 한 명을 떠올렸다. 그는 무슨 이유인지 데이비드를 차별하는 듯한 말과 표정을 서슴지 않았다. 과학, 테크놀로지, 공학, 수학을 복합하여 프로젝트를 진행하는 STEAM 프로그램에 데이비드가 관심을 보이자 어처구니없다는 듯이 그게 데이비드에게 아주 어려울 거라고 말했었다. 게다가 그 선생님은 데이비드의 숙제를 자주 잃어버렸고, 자기 책상에서 그 숙제를 찾고 나서도 점수를 아주 늦게 온라인에 올리곤 했다. BCA 응시 소식을 접하고도 의아한 표정을 지었다.

며칠 동안 나의 뇌리를 떠나지 않는 생각이 있었다. 편파적인 선생, 실력도 없는 선생, 인종 차별주의자일지도 모른다 등등. BCA에 문의해 보자는 생각에 아이의 불합격 이유를 말해 달라는 편지를 쓰기도 했다. 그 선생이 문제였을 텐데 무슨 시간 낭비를 하나 하는 생각을 하면서도, BCA가 절대 불합격 이유를 가르쳐 주지 않을 거란 생각을 하면서도, 나는 나 자신을 억제할 수가 없었다.

문제의 선생에 대한 생각이 증오에 가까워졌을 무렵, 나는 드디어 내가 감정에 사로잡혀 불합리한 생각에서 벗어나지 못하고 있단 사실을 깨달았다. 나를 붙잡고 있었던 것은 화였다. 실망을 경험한 내가 불합격의 핑계를 떠넘길 사람을 찾아 그에게 화를 내고 있었던 것이다. 증거도 없으면서 부당하게 선생님을 향해 부정적인 생각을 했던 것이다. 백인들은 백인 우월주의자일지도 모른다는 암시적인 의심, 2016년 말부터 내 마음속에 싹트기 시작했던 그 의심이 거의 확신 수준에 도달한 모양이었다.

"나의 감정을 부인하지 말자."나 "감정에 충실하자."와 같은 말이 도움이 될 때도 있다. 예를 들어, 너무 목적에만 초점을 두고 삶의 마라톤을 뛰다 보면 억눌렸던 감정이 폭발하여 넘어지기도 하고, 스스로 포기하길 원하게 되고, 다시 일어나기 힘든 상황에 이르기도 한다. 그래서 감정이 보내는 메시지와 신호에 귀 기울여야 할 때도 있다.

하지만 잊지 말았어야 할 것은 그 감정이 거짓말도 자주 한다는 사실이다. 짐작이나 의심을 확신으로 변질시키기도 하고, 헤어 나오기 힘든 슬픔, 증오, 실망의 늪으로 나를 끌고 갈 수도 있다.

이런 감정의 함정에서 나를 구할 길은 하나다. 정신 건강을 위해 나 자신의 생각을 바꾸는 것이다. 감정이 강요하는 믿음에 의문을 던지고 내게 가장 유리한 쪽으로 믿음을 바꿔야 한다. 다른 이의 행동이나 말을 최고로 좋은 쪽으로 해석하는 게 그 예가 될 수 있겠다. 그래서 데이비드의 선생님이 아이를 위해 부모가 꼭 들어야 하는, 그녀의 솔직한 의견을 말해 주었을 거라고 생각을 바꾸기로 했다. 크리스천 학교의 선생님으로서 자신이 믿지 않는 의견을 추천서에 쓸 수 없었을 것이고, 자신의 양심이 허락하는 만큼 긍정적으로 추천서를 써 주었을 거라고 믿기로 했다.

처음엔 나 자신에게 믿음을 강요하는 것 같았지만, 계속 그렇게 생각하다 보니 가능성 높은 현실일 수 있겠단 생각이 들었다. 이렇게 나 자신을 설득하며 격한 감정이 가져다주는 화병을 가라앉혔다. 이로 인해 훗날 암에 걸릴 가능성이 낮아졌을 거라고 나는 확신한다.

나를 보잘것없는 사람으로 만드는 것

자격부여 Entitlement

"당신, 내가 누군지 알아?"

친구와 함께 간 가게에서 어떤 여자가 직원에게 언성을 높이고 있었다. 친구를 포함한 많은 사람이 그 여자에게 시선을 돌렸다. 그녀가 누군지 알아보는 사람은 없는 듯했다. 결국 그녀는 제 입으로 자신의 남편이 유명한 어느 권투 선수라고 말해야 했다. 하지만 직원은 그 사실을 듣고도 그렇게 크게 반응하지 않았다. 무엇이 불만이었는지는 모르겠으나, 결국 여자는 사려던 물건을 두고 가게를 나가 버렸다. 성공했다고, 유명해졌다고, 돈이 많다고 심한 갑질로 다른 이들을 괴롭히고, 심지어는 자살로 몰아가거나, 더 심하게는 살해까지 하는 요즘 사람들과 비교하면, 그 권투 선수 사모님의 무례함은 그냥 비웃고 넘어갈 수준이 아니었을까 싶다.

그런데 꼭 유명하거나 돈 많은 사람들만이 갑질이나 무례함으로 주위 사람들의 비난을 사는 것은 아니다. 그건 누구보다 내가 잘 안다.

J는 1990년대에 미국에서 유학하고 지금은 한국에서 교수로 일하는 피아니스트다. 그와 그의 아내 S는 나와 그레이스가 신혼 시절에 같이 종종 어울리던 친구들이었다. J도 나처럼 시각장애인이고 같은 선생님 밑에서 피아노를 배웠다. 나와는 달리 J는 음악에 소질이 뛰어났다.

J가 박사 공부를 하던 때의 얘기다. 그가 다니던 대학교에는 한국에서 온 유학생들이 꽤 있었는데, 결혼하고 온 그와 그의 아내와 친하게 지내는 후배들도 많았었다. 그중 한 학생이 그에게 이렇게 말했다고 한다. J에게는 플러스알파가 있지 않느냐고. 피아니스트로서의 실력에 장애인이라는 사실을 더하면 교수들이나 음악 평론가들, 팬 등으로부터 더 많은 점수를 받을 수 있을 거란 말이었다. 물론 당시에 우리는 그런 말을 함부로 해대는 그 후배의 무례함을 비난했다.

오랜 세월이 지난 지금 나의 삶을 뒤돌아보면, 나도 무의식적으로 그와 비슷한 생각을 해 왔었던 것 같다. 장애는 따지고 보면 참 간단한 거다. 예를 들어, 시각장애는 그저 눈이 보이지 않는 것뿐이다. 그 이상도 그 이하도 아니다. 볼 수 없다는 불편을 점자나 보행 같은 스킬 습득과 점자 단말기나 스크린 리더와 같은 테크놀로지의 도움으로 만회하면 되는 것이다. 만회할 수 없는 불편도 있겠으나, 살아가는 데 불편함이 없는 사람이 어디에 있을까?

하지만 또 세밀하게 분석해 보면 장애가 가져다주는 감정과 생각은 복잡하다. 자신의 정체성과 자존심 그리고 자신감 등에 장애가 차지하고 있는 비율이 제 의지와 상관없이 클 수밖에 없다. 그렇게 되면 장애는 소극적인 태도, 부정적인 관점, 비관적인 생각처럼 우리 삶에 도움이 되지 않거나 해가 되는 요소가 된다.

하버드와 프린스턴 등 여러 일류대학에 합격하고, 쿨리지 재단에서 1년에 서너 명의 학생들에게만 주는 대학 4년 전액 장학금을 2020년에 받은 학생 Y. 얼마 전 그에게서 이런 말을 들었다. 온라인으로 만난 학교 친구들에게는 자신의 시각장애를 숨겨 왔다고. Y처럼 열심히 공부해서 명성 높은 장학금을 받으며 일류대학에 들어간 친구마저도, 자기의 장애에 대해서는 아직 튼튼한 자신감을 갖지 못하고 있었던 것이다. 놀라거나 이해하지 못하는 사람들도 많겠지만, 나는 이해할 수 있었다. 장애처럼 혼란스러운 것도 드물 테니까. 아무리 결단력 있게 자신의 감정을 조절하려고 해도, 걱정이나 두려움에서 오는 부정적이거나 불공평하다는 생각은 쉽게 떨쳐 버릴 수 없겠지.

이런 복잡함과 혼란 속에 내가 아직 떨쳐 버리지 못한 것은, J의 후배가 얘기했던 플러스알파의 태도다. 장애가 가져다줄 수 있는 '자격부여'가 언제부턴가 내 깊은 곳에 자리 잡기 시작했던 것이다. 누군가 혹은 세상이 나의 삶에서 중요한 것, 즉 시력을 빼앗아 갔으므로, 그 누군가 혹은 세상이 나에게 그 어떤 보상을 해 주어야 한다는 무의식적인 생각 말이다. 이것은 필요에 따라 부여되는 합리적인 권리, 예를 들어 시험을 글이 아니라 말로 보면서 시간을 더 주거나 시각장애인 직원에게 스크린리더를 제공해 주는 정당한 편의를 말하는 것이 아니다.

곰곰이 나 자신을 분석해 보면 나는 정확한 정의도 없지만 다들 원하는 그 성공이란 것이 내게 주어져야 하는 권리라고 생각해 온 것 같다. 장애가 있음에도 이렇게 열심히 살아왔는데, 지금쯤이면, 벌써 50이 넘었는데 성공을 했어야 하는 것 아닌가 하는 조바심이 든다. 여기에서 부당한 것이 '장애가 있음에도'라는 플러스알파의 생각이다. 어째서 장애를 갖고 살아왔다는 것이 내 삶에 더 이익을, 남들이 보면 불공평하다고 말할 정도의 이익을 주어야 한다고 느끼게 된 걸까?

북뉴저지 우리 집에서 뉴욕시 맨해튼 다운타운까지 출퇴근하는 과정에서 가끔 일어났던 일이 이런 나의 생각을 설명해 줄 것 같다. 팬데믹 때문에 재택근무를 하기 전까지만 해도, 나는 우리 동네에서 출발하는 통근 기차를 시작으로 두 번 기차를 갈아타고 출퇴근을 했었다. 그러니까 두 번은 통근 기차에 올라 자리를 찾아야 하고, 또 한 번은 뉴욕시 지하철에서 자리를 찾아야 한다. 결국 출근길과 퇴근길을 포함하면 하루에 여섯 번 이렇게 자리 찾아야 했던 것이다.

그 출퇴근길에 나에게 자리에 앉겠냐면서 일어나려고 하는 사람들이 종종 있다. 빈자리가 없거나 일어나 주는 사람이 없을 때는 앉아 있는 이들에게 눈치를 주어서까지 나에게 자리를 찾아 주려고 노력하는 사람도 있다. 그런가 하면 빈자리가 많은데도 나에게 얘기해 주는 사람이 한 명도 없을 때도 역시 있다.

한동안은 자리를 양보하겠다거나 자리를 찾아 주겠다면서 노력하는 사람들이 고마웠다. 대개는 고맙다는 말을 잊지 않고 건네며 그들의 친절을 사양했지만, 가끔 너무 피곤할 때는 그들이 양보해 주는 자리에 앉기도 했다. 그러나 빈자리가 있는데도 나에게 말해 주지 않는 이들에 대해서는 별생각이 없었다. 꼭 자리가 비었다고 시각장애인에게 말해 줄 의무는 없으니까.

그런데 몇 년 동안 비슷한 일이 매주 몇 년씩 되풀이되다 보니 나의 태도가 달라졌다. 이제는 기차에 올라타서 내가 쉽게 빈자리를 찾지 못하면 당연히 누군가가 빈자리의 위치를 가르쳐 주거나, 자리를 양보해 줄 거란 기대를 하기 시작했다. 특히 내 몸이 피곤한데 그런 사람이 없어서 서 있어야 할 때는 모른 척 앉아서 가는 이들에게 화가 났다. 더구나 빈자리가 있는데도 침묵을 지켰다는 사실을 나중에 알게 되면, 주위에 있었던 이들의 인성을 욕하는 오만을 저지르기까지 했다. 결국 장애인이란 신분 하나만으로 세상이, 다른 사람들이 나에게 어떤 특별한 대우를 해 주어야 한다는 기대, 나아가서는 권리 같은 것이 무의식중에 생겼던 것이다.

성공 역시 마찬가지다. 남들 못지않게 일도 하고 의미 있는 사회생활과 행복한 가정생활을 하겠다는 의지에서 원동력을 얻은 삶에, 나의 장애는 부정적인 영향만을 가져다준 것 같지는 않다. 우선 남들보다 더 많은 시간과 노력이 필요하다는 것을 알았으므로 그런 현실에 충실하려 했다. 또 내가 장애인이기 때문에 나에게 더 호감을 느끼거나 나의 일을 더 좋게 평가하는 상사나 동료들도 있었던 것 같다.

예전에는 이런 것들이 달갑지 않았다. 무엇을 아주 잘한다는 평가를 100% 믿을 수 없었기 때문이다. 그런데 이런 평가가 회사에서 드물어지면서, 나를 더 솔직하게 평가하는 상사와 일을 하기 시작하면서, 나의 태도에는 변화가 생겼다. 지극히 공평한 그의 평가에 겉으로는 동의하면서도 마음 한구석에 자리 잡은 불편함, 즉 장애라는 계속되는 도전을 이해해 주지 못하는 그를 원망하는 불편함을 떨쳐 버릴 수 없게 된 것이다. 결국 여기에서도, 기차 안에서 앉을 자리를 기대하듯이 나의 장애를 하나의 자격부여의 이유로 만들었던 것이다.

사람을 보잘것없게 만드는 자격부여는 장애에서만 비롯되지 않는다. 좋은 대학에서 공부했거나, 남들이 쉽게 얻지 못하는 학위, 자격증, 직위를 가졌다거나, 권력자와 가까운 위치에 있다거나, 권력자이거나, 좋은 집안(뼈대 있는 집안)에서 태어났다거나, 돈이 많다거나, 특별히 어려운 환경에서 성장했다거나 등등. 우리는 누구나 이런 상황에서 부당한 자격부여를 흡수할 수 있다. 사람이니까. 하지만 이것은 우리가 굳은 의지로 저항해야 하는 부분이라고 생각한다.

부당한 자격부여로 남들에게 기대하는, 아니 요구하는 대우는 끝이 없다. 대중교통을 이용하는 장애인들에게 자리를 보장해 준다고 하더라도 그들은 더 편한 자리를 요구하게 될 것이고, 성공을 추구하는 이들은 늘 더 큰 성공을 목표로 삼아 결국 일상에 만족하기 힘들어질 것이다.

그러니 나 자신에게서 부당한, 따지고 보면 불공평한 태도를 발견한다면 그것을 없애려고 노력해야 한다. 외모를 추하게 만드는 그 무언가를 제거하려고 노력하듯이 말이다.

보이지 않는 힘, 극복해야 하는 힘

후회 Regrets

팝송 「마이웨이」는 1969년에 발표된 미국 가수 프랭크 시나트라의 대표곡이다. 우리 부모님 세대가 즐겨 듣고, 어떤 분들은 팝송 18번으로 외워서 불렀던 노래다. 이 노래는 별 선택 없이 상황에 따라, 운명에 따라 순응하며 살아야만 했던 당시 세대들에게는 멋있는 메시지의 노래였으리라. 인생의 마감이 다가오고 있는 것을 아는 사람이 그가 어떻게 충만한 삶, 많은 경험을 한 삶, 그리고 딱히 언급할 만한 후회가 없는 삶을 살았는지를 말해 주는 노래이기 때문이다. 무엇보다 자신의 방식으로 삶의 길을 걸었던 사실이 제일 중요했노라고 가수는 노래한다.

그런데 나는 이 노래의 메시지를 그리 좋아하지 않는다. 우선 마이웨이, 즉 나의 방식을 무엇보다 앞세우는 게 삶에 도움이 되지 않는다고 보기 때문이다. 개인적인 믿음이나 가치를 토대로 소신을 굽히지 않으면서 자신에게 진실된 삶을 살아가는 일은 중요하지만, 나의 방식대로만 산다는 것은 그 뉘앙스가 다르다. 특히, 언급할 만한 후회가 없다는 것은 상상할 수 없는 오만이거나 나이가 가져다주는 기억 상실 때문이 아닐까 싶다.

나는 큰 후회를 안고 사는 사람이다. 다른 사람들도 대개 비슷할 것이다. 전공을 잘못 선택했다고 후회하는 이들도 있고, 진로를 선택할 때 좀 더 알아보고 했었더라면 하는 생각을 지워 버리지 못하는 이들도 있다. 또 자신이 지금 선택한 배우자보다 오래전에 이별을 선언한 애인을 잊지 못하며 후회의 삶을 살아가는 이들도 있을 것이다. 직접 주식 투자를 하는 사람들은 대개 후회만 한다. 매입한 주식이 많이 올라가면 충분히 사지 않았다며 후회하고, 유난히 하락만 하는 주식에 대해서는 근처에도 가지 말았어야 했다며 과거를 지워 버릴 방법을 꿈꾼다.

나도 주식 투자와 관련해서는 이런 후회를 많이 했다. 하지만 내가 정말 후회하는 것은 전공이나 진로, 관계에 대해서가 아니다. 그런 것들보다 나는 하루하루를 전심전력으로 살지 못한 것을 후회한다.

여기서 하나 짚고 넘어가야 할 것이 있다. 내가 이런 얘기를 하는 것을 지나친 겸손이라고 보거나 쓸데없이 가혹한 자기 분석이라고 하는 사람들이 종종 있다. 그러나 나와 같이 일을 하거나 함께 살아온 사람들, 예를 들어 출판사나 신문사 편집자님들이나 나의 매니저들, 그리고 가족까지도 내가 그렇지 않다는 것을 잘 안다.

나 같은 사람을 한국말로는 뭐라고 부를까? 영어로는 procrastinator라고 한다. 번역하자면 '일을 질질 끄는 사람'이다. 무슨 일이든 임박해서야 본격적으로 시작한다. 시간의 압박이 더 좋은 질의 일을 할 수 있게 해 준다고 주장하면서. 어떤 이들은 자신의 특기가 벼락치기라고 하지만, 사실 나는 그렇지도 않다. 마감일을 넘긴 적이 한두 번이 아니다. 너무 질질 끌다가 프로젝트를 더 쉬운 것으로 바꾸라는 거역할 수 없는 제안을 보스로부터 받은 적도 있다.

일을 질질 끌 때가 자주 있다 해도 그게 무슨 상관이 있나 생각할 수 있겠다. 그래도 대학 졸업하고, 결혼해서 아이 낳고, 직장 생활 그럭저럭해 왔으면 된 것 아니냐고 말할 수 있으리라. 하지만 나에게는 이 문제가 그리 간단하지 않다. 이런 습관은 나에게 아킬레스의 발꿈치처럼 치명적인 약점이라고 스스로 믿어 왔다.

내가 이렇게 느꼈던 이유는 성경에 나오는 달란트의 비유 때문이다. 어떤 사람이 먼 곳으로 여행을 가기 전에 그의 종들에게 각각 재능에 따라 재산을 나누어 주었다고 한다. 한 사람에게는 금 다섯 달란트를 주고, 또 한 사람에게는 세 달란트를, 그리고 다른 사람에게는 한 달란트를 주었다. 더 많은 액수를 받은 종들은 그것으로 장사해서(혹은 투자해서) 100%의 이윤을 냈다. 그런데 한 달란트만 받은 종은 그 돈을 땅에 묻어 두었다가 주인이 돌아오자 고스란히 돌려주었다. 그러자 주인은 그를 게으르다며 꾸짖었다고 한다.

이처럼 나는 내게 주어진 삶의 여러 기회들이 나에게 맡겨진 달란트라고 생각한다. 그중 제일 컸던 것은, 물론 상상치 못했던 하버드와 MIT에서의 몇 년이다. 지금 회고하면 그 시절에 대한 후회가 제일 크다. 누구나 들어갈 수 없는 학교라고 수없이 들어 왔는데……. 앞이 보이는 사람들에게도 문턱이 높은 학교라고 얼마나 많은 사람이 내게 말했던가?

그것을 내게 맡겨진 달란트라고 믿는 데에는 다 이유가 있다. 나는 아주 솔직히 말해서 사람들, 즉 부모님과 선생님들을 잘 만났고, 여러 가지 상황이 잘 맞아떨어진 덕에 이런 학교에서 공부할 수 있었던 것이다. 방과 후 심심해서 하게 되었던 특별 활동, 예를 들어 뮤지컬 출연과 학생회 일 등이 합격률을 높여 주었다. 야망 가득한 리더십에 대한 에세이도 한몫한 것 같다. 그러나 요즘 고등학생들이 쏟아붓는 대입 준비 노력에 비하면 내가 한 노력은 지극히 적다. 그런데도 나에게 이런 큰 기회가 그것도 두 번이나 왔으니, 맡겨진 달란트가 아니라면 과연 뭘까?

그 7년을 나는 대개 낭비했다. 정작 해야 하는 공부나 주어진 과제는 미뤄 두고, 하고 싶은 것을 더 많이 했다. 문학 강의를 정식으로 들어 본 적은 없지만, 세계문학을 읽느라 시간 가는 줄 몰랐다. 레이먼드 챈들러를 발견하고 하드보일드 탐정소설 장르에 빠지기도 했다. 레이 브래드버리와 아이작 아시모프를 비롯한 공상과학 작가들의 책도 많이 즐겼다. 그럴 거면 영어나 문학을 전공했어야 하지만, 더 현실적인 공부를 해야겠다는 생각 때문에 그러지도 못했다.

그래서 후회가 크다. 누가 나에게 건네준 값진 진주를 생각 없이 두었다가 잃어버린 듯한 느낌이다. 영어나 문학 전공을 하지 않은 게 후회된다기보다, 하버드와 MIT 같은 좋은 환경에서 실컷 공부하지 못했던 게 후회된다. 해야 할 것, 예를 들어 리포트 작성이나 시험 준비도 임박했을 때까지 미루다가 그저 그런 결과에 만족해야 했다.

문제는 이 기억이 지금도 나를 괴롭힌다는 거다. 아직도 가끔 그런 꿈을 꾼다. 시험 문제를 읽으면서 내가 이 과목을 들었었나 하는 생각에 패닉 상태가 되는 꿈. 정말 그런 적이 몇 번이나 있었기 때문이다.

워런 버핏은 자신이 번 돈에 대해 이렇게 말했다. 다시 사회에 돌려주어야 하는 재산의 보관증이라고. 자신에게 주어진 천재적인 투자 능력으로 그는 아주 큰 결실을 얻었고, 그 대부분을 사회에 돌려주었다. 나를 그와 비교하는 게 우습지만, 나에게 주어진 값진 기회에 최선을 다했다면, 갈수록 더 많이 힘들어지는 세상에 나 역시 조금이나마 도움이 되지 않았을까.

한편 언제까지 이런 후회를 하며 자신을 괴롭혀야 하느냐는 생각이 들 때도 있다. 하나님이 나를 이렇게 만드셨다면 그럴 만한 이유가 있을 거라고 생각하며 씁쓸한 한숨을 쉰다. 누구나 50년 넘게 나 자신과 싸우며 살았다면, 가슴에 간직하며 쉽게 떠나보내지 못하는 몇 개의 후회는 있을 거라고 생각한다. 「마이웨이」의 가사와는 달리. 이제는 과거의 후회가 주는 자신에 대한 실망의 무게를 조금씩 줄여 가야 할 때가 아닌가 싶다. 남아 있는 세월이 가져다줄 기회에 더 충실하기를 나와 매일 약속하면서. 할 수 있다.

4부

미래를 위해 준비할 것들

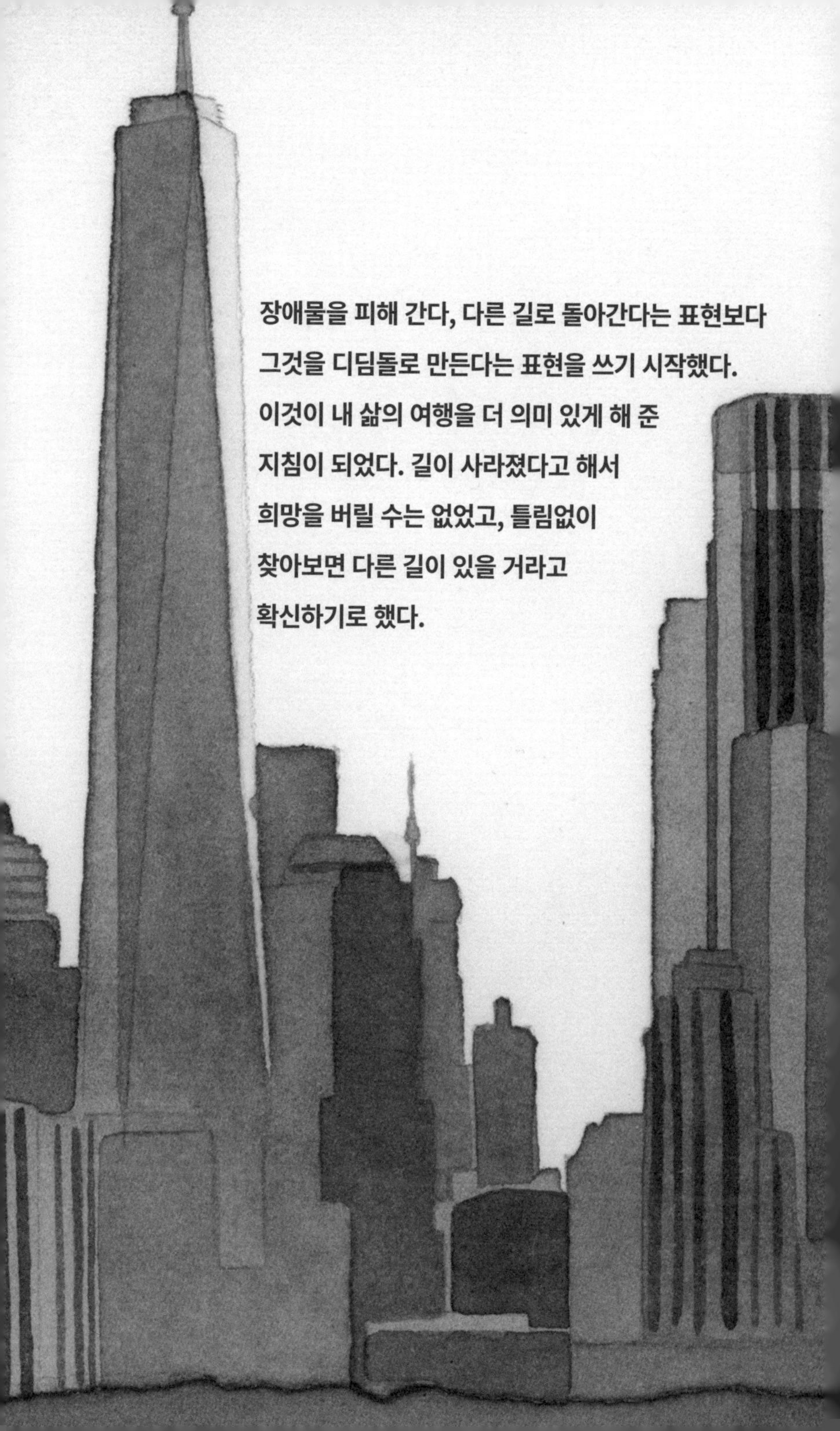

장애물을 피해 간다, 다른 길로 돌아간다는 표현보다
그것을 디딤돌로 만든다는 표현을 쓰기 시작했다.
이것이 내 삶의 여행을 더 의미 있게 해 준
지침이 되었다. 길이 사라졌다고 해서
희망을 버릴 수는 없었고, 틀림없이
찾아보면 다른 길이 있을 거라고
확신하기로 했다.

나비는
활활 날아가는데
아이들은
왜 그렇지 못할까

내 머릿속에는 여전히 이해할 수 없는 기억이 많다. 네브래스카주 오마하에 사는 워런 버핏의 집으로 직접 찾아가 같이 식사도 하고 대화를 나눴던 기억이 그중 대표적이리라.

사실 나는 그를 만난 적이 있다. 버크셔 해서웨이 주주총회에 참석한 적이 있는데, 회의 다음 날, 주주총회 이벤트 중 하나였던 '고라츠 스테이크하우스 디너(Gorat's Steak House Dinner)'에서 그를 만났었다. 물론 같이 식사한 것은 아니다. 같이 갔던 아내 그레이스와 식사한 후에, 특별히 준비한 그날의 식당 메뉴에 그의 사인을 받는 시간이 있었던 것이다. 줄을 서서 오랫동안 기다린 덕에 나는 그와 악수할 수 있었고, 아직도 그가 사인해 준 메뉴를 갖고 있다. 하지만 몇천 명의 주주총회 참석자 중 하나였던 내가 그의 집으로 찾아갔을 리는 없다. 그것은 그저 언젠가 꾸었던 꿈인 것 같다.

이보다 더 허무맹랑한 기억도 있다. 선선한 바람이 부는 늦여름 날이었던 것 같다. 파도 소리가 멀리서 들려오는 곳에서 나 혼자 글라이더를 타고 있다. 앞을 볼 수 없는 나는 내가 어디로 가고 있는지, 얼마나 높은 곳을 날고 있는지 모른다. 신기하단 생각은 들어도 두렵지는 않다. 자유롭게 하늘을 날고 있는 그 느낌이 너무 좋을 뿐이다. 마치 숨을 평소보다 두 배 더 크고 깊게 쉬게 된 것 같다. 그리고 결국 내가 가야 할 곳에 도착하리란 것을 확신 반 소망 반으로 알고 있다. 물론 이 기억은 내가 혼자 비행기 조종을 하던 기억과 혼자 차 운전을 하던 기억처럼, 내가 가끔 꾸던 꿈일 것이다.

자유는 나 같은 시각장애인들이 특히 갈망하는 꿈일 것이다. 예를 들어, 나 혼자 훌쩍 어디를 가 본 기억이 없다. 대학교 다닐 때, 대학원 방문과 어떤 집회 참석을 위해 혼자 로스앤젤레스로 갔던 기억은 있지만, 그때도 안내견과 같이 다녔었다. 결국 나 홀로 자유롭게 어디를 가 본 적은 없는 셈이다. 어렸을 때는 엄마의 팔을 잡고 다녔고, 집을 떠난 뒤부터는 주로 친구들이나 동료들의 팔을 잡고 다녔다. 결혼하고 나서는 아내의 팔을 잡고 다니고, 아이들의 키가 나와 비슷해진 요즘은

가끔 아이들의 팔을 잡고 다니기도 한다. 그러니까 내가 혼자 다니는 것은 주중에 매일 하는 출퇴근길뿐이다. 그런데 이제 그 출퇴근마저도 꽤 오랫동안 못 했다. 흰 지팡이를 마지막으로 손에 잡아 본 때가 2020년 3월 6일이었으니까. 그 후 나와 우리 팀원들은 계속 재택근무를 하고 있다.

하지만 혼자 마음대로 오갈 수 있는 것만이 자유로움의 다는 아니다. 1972년에 나온 영화 「나비의 외출(Butterflies Are Free)」은 어머니의 과잉보호에서 벗어나 혼자 생활하려는 시각장애인 돈 베이커(Don Baker)의 이야기를 다룬다. 태어났을 때부터 앞을 볼 수 없었던 돈은 두 달 동안 그를 만나러 오지 않겠다는 약속을 어머니로부터 받아 낸다. 그러나 아들에 대한 걱정을 참지 못한 어머니는 돈이 혼자 살기 시작한 지 한 달쯤 되자 그를 보러 온다. 그리고 마침 낯선 젊은 여자와 시간을 같이 보내는 돈을 목격한다. 아들이 혼자 생활하는 데 불편한 것은 없나 걱정했던 어머니에게는 걱정이 하나 더 생긴다. 아들이 혹시나 여자에게 상처를 입지나 않을까 하는 걱정 말이다.

오래전 이 영화를 봤을 때 나는 내 입장에서 이 이야기를 받아들였다. 나 역시 시각장애인이기에 다른 이들의 과잉보호에서 벗어나고 싶다는 생각, 내 마음대로, 내가 원하는 시간에 내가 원하는 것을 하고 싶단 생각이 들었었다. 그런데 얼마 전 이 영화를 오디오북으로 다시 접했을 때는, 예전과 다른 생각을 했다. 자유롭지 못한 것이 나나 아내가 아니라, 우리 아이들이란 생각이 들었다. 그 과잉보호의 책임자들이 어느새 부모 입장에 서게 된 우리라는 것을 깨달았다.

물론 할 말은 많다. 우리가 자랄 때와는 세상이 너무 달라졌다. 그저 먹고 사는 것만이 중요한 시대가 아니다. 상대적인 것들이 훨씬 더 중요한 세상이 되었다. 인정받고 살기 위해 공부라는 것을 하고, 많은 이들이 부러워할 만한 학벌을 향해 숨차게 달려간다. 이 일을 제한된 시간에, 다른 아이들보다 더 잘할 수 있는 환경을 만들어 주려면 부모의 개입이 불가피하다. 아이들 못지않게, 부모들 역시 교육 경쟁이란 현실을 피할 수 없게 되었다.

이런 삶의 경주에 사교육이란 것이 훨씬 더 큰 자리를 차지하게 되면서, 돈 위주의 게임으로 변했다. 아이 한 명을 키우는 데 드는 액수를 무시할 수 없는 터라, 낳는 아이들 수도 줄어들기 시작한 지 오래다. 많은 부모들은 한 아이에게 모든 것을 쏟아붓는다. 돈, 시간, 노력, 그리고 희망, 그리고 또 돈.

한 회사의 주식만을 소유한 투자자가 있다고 가정해 보자. 그것도 가진 것을 모두 한 회사의 주식에 건 그의 삶을 상상해 보자. 그는 매일, 한 시간에 몇 번이나 주가를 확인할 것이다.

계속되는 가격 변동에 눈을 떼지 못하는 조바심을 피할 수 없을지도 모른다. 무슨 이유로든 주가가 많이 내려가면, 희망이 갑자기 다 사라진 것처럼 우울해할 것이고 주가를 떨어트린 이들을, 예를 들어 경영진, 경쟁사, 외국 투자자, 공매도로 주식을 판 사람들 등을 원망할 것이다.

이 이야기를 주식 투자에서 아이 교육 투자로 바꿔 보면, 성적과 시험 점수가 주가와 같은 의미를 갖게 될 것이다. 부모의 큰 기대와 감추기 힘든 조바심은 아이를 묶어 둘 것이고, 일류대학 입학이란 목표가 가져다주는 스트레스는 아이가 지닌 마음의 날개를 잘라 버릴 것이다. 선택된 몇몇 커리어에만 시선을 집중하다 보면, 세상을 바라보는 가치관도 우표만큼이나 좁아지게 될지도 모른다. 결국 아이들을 위한다면서 그들을 사회가, 야망이, 두려움이 만들어 놓은 틀에 가두는 이들이 바로 우리 부모인 것이다.

나도 두 아이를 키우는 아빠다. 좋은 학벌이 가져다준 혜택, 즉 커리어 초기에 더 다양한 선택지가 있는 현실을 경험한 사람이다. 그래서 우리 아이들에게도 비슷한 혜택을 선물해 주고 싶다. 그러나 그걸 너무 고집하다 보면 아이들에게 주어진 독특한 재능을 억누르고 맞지 않는 인생을 강요할 수 있다고 생각한다. 결국 훨훨 날며 넓은 세상을 보고, 삶을 마음껏

즐길 수 있는 나비들을 한 정원 안에 가둬 버리는 실수를 저지를 수 있다는 것이다. 나는 바로 이 실수를 피하고자 최선을 다하려 한다.

나와 다른 이들을 이해하는 방법

외국어 Language

대학 입학을 앞두거나 대학을 다니고 있는 학생들이 나에게 가끔 자문을 구한다. 전공에 대해서. 유망한 분야에 대해서. 삶의 최고 방법에 대해서. 그럴 때면 더스틴 호프만이 주인공으로 나오는 영화 「졸업」이 떠오른다. 그에게 한 단어로 진로 자문을 해 준 사람의 말, "플라스틱"이 기억나는 것이다. 나도 그처럼 한 단어로 학생들의 앞길을 밝혀 주고 싶다. 금융, 코딩, 유튜브……. 1960년대에 플라스틱이 얼마나 유망한 산업 분야였는지는 잘 모르겠다. 마찬가지로 내가 짧게 나열한 이 분야들 역시 얼마나 지속적으로 유망한 분야가 될는지 잘 모르겠다. 그리고 같은 분야나 전공을 모든 학생에게 권하는 게 그렇게 도움이 되지 않을 거라고 생각해서 그런 조언은

하지 않는다.

하지만 내가 그들에게 항상 해 주는 말이 있다. 무슨 전공을 하든지 꼭 두 가지 과목은 듣는 것이 좋다고. 바로 문학과 회계학 과목이다. 문학은 좀 지루할 수는 있어도 고전 단편이나 장편을 다루는 과목 하나와 현대 문학을 다루는 과목 하나를 권한다. 소설을 통해 인생의 근본적인 고민을 전하는 저자들의 통찰력 있는 지혜와 신선한 생각들을 접하면서, 자기 삶의 철학과 세계관을 키워 보란 조언을 해 주는 것이다. 또 회계학 과목을 한두 개 들어 돈에 대한 이해를 얻는 것이 좋단 말도 해 준다. 수입과 지출, 자산과 채무 그리고 현금 흐름을 회계학적으로 이해하는 것이 삶에 도움이 되기 때문이다.

요즘은 이 두 가지 외에 중요한 것이 하나 더 늘었다. 바로 외국어를 배우라는 조언이다. 한국에서는 꽤 어릴 때부터 영어 공부를 한다. 또 제2외국어도 공부하는 것 같다. 그러나 나는 언어 공부가 아니라 다른 나라 사람들의 말을 배우라고 권하고 싶다. 학생들만이 아니라 모두에게 권하고 싶다.

나는 만 열다섯 살 때 미국에 왔다. 22번이 넘는 눈 수술로 학교 입학이 3년 늦어지는 바람에 중학교 1학년 1학기를 채 마치지 못하고 한국을 떠났다. 그 때문에 교실에서 하는 영어 공부는 한 학기도 못 했다. 유학을 앞두고 학교 영어 선생님의 도움으로 영어를 좀 배우기는 했지만, 단어 200개 정도를 익힌 게 다였다.

유학을 온 나에게는 영어를 배우는 것이 필수였다. 물에 던져졌기 때문에 수영을 꼭 해야 하는 상황과 마찬가지였다. 귀에 들리는 말을 이해하고 입을 열어 내 의사를 전할 능력을 빨리 키워야 했다. 그때 나에게는 별 뾰족한 수가 없었다.

한 방법은 원어민과 대화하는 것이었다. 나중에 나의 미국 맘이 된 메리 오메셔 부인이 시간 날 때마다 날 앉혀 놓고 대화를 시켰다. 날씨부터, 먹고 싶은 음식, 갖고 싶은 물건들, 한국에 두고 온 여자 친구 등등 많은 주제를 놓고 대화했다. 입을 크게 열고 단어 하나하나를 뚜렷하게 발음하라고 가르쳤다. 이해하지 못하는 것은 언제나 물어보고 이해될 때까지 질문하라고 독려했다.

또 다른 방법은 책과 사전을 통해 영어를 배우는 것이었다. 전에 한글로 읽어서 내용을 아는 책들을 영어로 다시 읽기 시작했다. 마크 트웨인의 『톰 소여의 모험』과 존 스타인벡의 『진주』 그리고 성경책 등을 읽으면서 영어 실력을 늘려 갔다. 점자는 부피가 아주 크다. 한국에서 배편으로 보내온 나의 포켓 한영사전은 33권이나 됐다. 그 사전을 나열해 놓은 책장 앞에 앉아 모르는 단어를 찾아보면서 영어책들을 읽었다. 처음에는 한 문장을 읽을 때, of, in, about과 같은 전치사 그리고 I, you, we와 같은 주어를 뺀 모든 단어를 찾아야 했다. 시간이 가면 갈수록 문장당 찾아야 하는 단어 수가 줄었고, 두 달쯤 후에는 짧은 한 단락 정도는 사전을 자주 찾지 않고도 읽을 실력이 되었다. 한국말보다 영어가 더 편한 사람이 되기까지 약 2년이 걸렸다.

그런데 2019년 초에 듣게 된 리디아 마초바(Lydia Machova)의 테드토크에서 나는 내가 사용했던 방법들보다 더 효율적이면서 재미있는 방법으로 언어를 배우는 사람들의 이야기를 들었다. 세상에는 언어 배우기를 즐기는 사람들이 있다고 한다. 폴리글로트(polyglot)라고 불리는 이들은 대략 2년마다 하나의 언어를 유창한 수준까지 배운다. 그것도 자신만의 방법을 개발해서 언어를 배운다. 첫날부터 말을 하기 시작하는 사람은 주위에 있는 원어민과 대화하거나 웹사이트를 통해 만난 원어민 친구와 대화하면서 배운다. 표현이나 숙어를 하나둘씩 배우고 실수를 두려워하지 않는다. 그런가 하면 새로운 언어의 소리를 먼저 흉내 내면서 배우기 시작하는 사람도 있고, 가장 자주 쓰이는 500개 단어를 우선 외우고 시작하는 사람도 있다. 문법에 대해 읽고 직접 문법 차트를 만들면서 배움의 여행을 떠나는 사람도 있지만, 더 기발하고 재미있는 방법을 사용하는 이들도 많다.

너무 좋아해서 몇 번씩 『해리 포터』 시리즈를 읽은 사람은 배우고 싶은 나라말, 예를 들어 스페인어로 번역된 『해리 포터』 시리즈를 읽는다. 몇 번씩이나 시트콤 「프렌즈」를 즐겨 봤던 폴리글로트는 배우고 싶은 언어, 예를 들어 독어로 더빙된 1990년대 인기 시트콤 시리즈를 다시 본다. 읽고 또 읽고, 보고 또 보다 보면 단어, 숙어, 문장 등이 눈에, 귀에 들어오게 되고, 시리즈를 몇 번 되풀이하다 보면 자연스럽게 새로운 언어를 하게 된다고 마초바는 말했다. 또 운전하면서 팟캐스트를 듣거나, 혼자 있을 때 일상적인 것들, 예를 들어 그날 일어난 일이나 스마트폰에서 본 기억에 남는 사진 등을 자신에게 설명하며 말하기를 연습하는 이도 있다고 한다.

그녀가 얘기해 준 방법 중 가장 재미있는 것은 스카이프를 통해 러시아어를 배운 한 폴리글로트에 대한 이야기였다. 그는 스카이프에서 100여 명의 러시아인을 친구로 초대했다. 그러고는 시간이 되는 두 친구와 각각 다른 창에서 동시에 대화를 시작한다. 한 친구가 하는 말을 다른 친구의 창에 복사하여 붙인다. 그 친구의 답을 또다시 복사하여 처음 친구의 창에 붙여 넣는다. 이를 계속 반복함으로써 두 사람의 대화를 지켜본다. 이렇게 그들이 서로 하는 말을 번역하면서 러시아를 배웠단다.

자신이 할 수 있는 재미있는 방법으로 언어를 배우는 그들은 약 2개월쯤 되면 약간의 발전을 하게 되고, 대개 2년쯤 지속해서 배우다 보면 유창하게 말하고 알아들을 수 있게 된다. 2개월 동안 전혀 못 알아듣는 상황은 마치 영어를 못했던 내가 처음 유학 왔을 때 몇 주 동안 빠져 있었던 '이해 불가 상황'과 흡사한 듯하다. 그들은 인내심을 갖고 여러 폴리글로트 유튜브 채널과 웹사이트에서 방법과 영감을 받아 계속 배움의 길을 걷는다.

이러한 배움은 학교나 학원에서 하는 언어 공부와는 너무 다르다. 토익이나 토플처럼 시험 점수를 높이려는 것도 아니고, 학교 ESL 코스를 통과하려는 것도 아니다. 그저 다른 나라 사람들의 말을 배우고 싶어서 쏟는 그 노력이 부럽다.

우리는 커리어나 학점에 도움되는 언어를 배우려고 노력한다. 그게 잘못된 목적이라고 할 수는 없지만, 폴리글로트들의 태도를 본받고 그중 자신에게 흥미를 불러일으키는 방법을 통해 언어를 배운다면, 스트레스도 덜 받고 배움의 즐거움도 더 만끽할 수 있지 않을까 싶다.

이렇게 즐겁게 다른 나라 말을 배우다 보면 그 나라의 문화와 풍습, 역사와 종교 등도 자연스럽게 배울 기회를 얻는다. 원어로 된 소설이나 드라마, 영화나 노래 가사 등을 즐기며 그들의 훌륭함도 받아들이고, 그들의 아픔과 그 민족들의 이야기도 알게 될 것이다. 그러다 보면 공감하는 것들이 생기고, 그들의 관점을 조금이나마 이해하려는 마음도 생기지 않을까.

이러한 것들이 자신을 위한 소중한 투자가 되리라 믿는다. 글로벌 사회에서 서로 협조하며 살아가기 위해 꼭 필요한 것은, 우리와 다른 사람들을 이해하려는 마음이라고 보기 때문이다.

장애물을 디딤돌로 만들기

시각장애인들처럼 장애물을 자주 만나는 사람들도 드물 것이다. 항상 다니는 길이라도 없었던 물체가 나타나기도 하고, 예상치 못했던 공사 때문에 다른 길로 돌아가야 할 때도 있다. 하지만 흰 지팡이를 능숙하게 사용하거나 잘 훈련된 안내견과 다니는 시각장애인들에게는 이런 장애물이나 상황 등이 보행에 큰 문제가 되지 않는다. 시력 있는 사람들처럼 비켜가고 돌아가는 게 자연스럽지는 않겠지만, 보행 훈련을 잘 받은 시각장애인들, 특히 가끔 우리 앞에 나타나는 장애물을 일상의 하나로 받아들이는 시각장애인들에게는 이런 불편이 그리 큰 문제가 아니다.

이렇게 길을 막는 장애물보다 더 심각한 것은 삶의 여행길을 막는 상황들일 것이다. 대학교 3학년 때 만나게 된 인생의 장애물은 오랫동안 내가 추구했던 삶의 목표를 하루아침에 빼앗아 가 버렸다. 당시 나의 궁극적인 목표는 시각장애를 아주 멋있게 극복함으로써, 시각장애를 이유로 나의 가능성을 낮게 본 사람들의 생각을 바꾸고, 나아가서는 시각장애인들에 대한 사회적 차별을 줄이는 것이었다. 불빛도 보지 못하는 내가 학부에서 가장 어렵다는 의학부 예과 과정을 성공적으로 끝내고 의대에 진학해서 의사가 되는 일처럼 더 멋있게 장애 극복을 세상에 보여 줄 방법은 없다고 생각했었다.

학부 3학년까지 화학, 생물학, 물리학 등을 다른 의학부 예과 학생들과 함께 공부했다. 미래 의대 입학 심사위원들에게 좋은 인상을 주기 위해 훨씬 더 쉬운 과목들을 마다했다. 예를 들어 노벨화학상 수상자 더들리 허쉬바흐 교수가 가르치는 Chemistry 10, 두 학기 화학 코스를 한 학기로 압축시킨 과목을 선택했다. 그리고 첫 테스트에서 우수한 성적을 얻으며 강의 중 교수님의 칭찬도 받았다.

"사람은 계획하고 신은 웃는다.(Man plans, and God laughs.)"라는 이디시 속담이 있다. 마치 그 말처럼 의사, 그중에서도 정신과 전문의가 되려는 나의 야망에 찬 꿈은 미국 의사협회가 통과시킨 테크니컬 가이드라인(technical guidelines) 때문에 거의 불가능해지고 말았다. 이것은 의사라면 누구나, 전문 분야가 무엇이든 환자를 다른 이의 도움 없이 진찰하고 진단할 수 있어야 한다는 지침이었고, 이는 내가 쉽게 비켜 갈 수 없는 장애물이 되었다. 환자의 육체적 양상, 표정, 혈색, 반응 등을 볼 수 없는 사람들, 즉 시각장애인들은 의사가 될 수 없다는 결정이었기 때문이다.

물거품처럼 사라진다는 말이 무슨 뜻인지 알 것 같았다. 나의 일상을 지탱해 주던 무언가가 갑작스럽게 끊어지는 느낌을 받았다. 시각장애 때문에 못 할 거라는 말을 들을 때마다 오히려 더 그것을 하겠다고 기를 쓰곤 했었지만, 미국의사협회와의 싸움은 눈 감고 스키 타는 것과는 비교할 수 없이 어려운 일이었다. 게다가 주위 사람들의 조언, 왜 꼭 그리 힘든 길을 고집하려고 하느냐는 말에도 일리가 있다는 생각이 들었다. 굳이 의학에 뜻이 있어서, 또는 정신질환을 앓고 있는 가까운 누군가를 생각하며 계획한 진로도 아니었으니까.

그때 내 앞에 불쑥 나타난 장애물은 내가 비켜 갈 수 있는 게 아니라고 판단했다. 그래서 비켜 갈 수 없다면 돌아가야 한다고 마음먹었다. 의학이, 의사라는 직업이 나의 궁극적인 목적이 아니었기에 장애물을 내 힘으로 뛰어넘거나 제거해야 할 이유가 없다고 생각했다. 거의 3년 동안 애써 공부했던 과목 중에서 나의 다음 방향을 찾기로 다짐했다. 이때부터 장애물을 피해 간다든지 다른 길로 돌아간다는 표현보다 그것을 디딤돌로 만든다는 표현을 쓰기 시작했다. 그리고 이것이 내 삶의 여행을 더 의미 있게 해 준 지침이 되었다. 길이 사라졌다고 해서 희망을 버릴 수는 없었고, 틀림없이 찾아보면 다른 길이 있을 거라고 확신하기로 했다.

정신과 전문의를 목표로 세웠던 나는 의학부 예과 코스와 함께 심리학 전공을 선택했었다. 전공과목 중 하나였던 비즈니스 적용 심리학(Psychology Applied to Business)을 가르쳤던 필립 스톤 박사는 나에게 많은 격려를 해 주었던 교수님이었다. 그래서 그의 전공 분야였던 조직학/산업심리학 쪽으로 공부의 방향을 바꾸기로 했다. 그렇게 대학원에서 조직학을 전공하게 되었고, 조직학 연구 프로젝트의 일원으로 월가 회사에 발을 들이게 되었다. 이것이 나를 증권 분석을 하는 월가 애널리스트의 자리까지 가게 해 준 디딤돌의 시작이었다. 그때는 몰랐지만, 애널리스트란 직업은 정신과 의사나 대학교수보다 훨씬 더 나에게 잘 맞는 직업이었고, 거기에 도달할 수 있었던 계기는 내 앞에 갑자기 나타난 인생 장애물을 나에게 의미 있는 디딤돌로 받아들이기로 한 결정에서 비롯되었다.

몇 년 전부터 나는 글쓰기와 함께 간증이나 강연을 또 하나의 의미 있는 활동이라고 생각하기 시작했다. 항상 함께하시며 나를 이끌어 주시는 하나님, 이웃을 사랑하라는 가르침으로 나의 삶을 바꿔 주신 예수님에 대한 간증을 하고 싶었다. 그리고 시각장애인으로서, 이민자로서, 남편이며 아빠로서, 애널리스트로서 내가 배운 많은 것들, 다른 이들에게 도움될 것들을 글만이 아니라 직접 말로 전하고 싶었다. 또 한국 보육원에서 성장하는 친구들을 돕기 위해 시작한 야나 미니스트리에 대한 메시지를 전하는 기회도 많이 갖고 싶었다.

아쉽게도 이런 간증이나 강연의 기회는 매우 드물었다. 내가 관중을 사로잡는 강연 능력이 있는 사람도 아니고, 베스트셀러를 몇 권씩이나 출간한 유명 작가도 아니라서 기회가 자주 오지 않았던 것이다. 더구나 2019년 11월, 나에게 찾아온 세바시 강연 기회를 나는 효과적으로 쓰지 못했다. 15분 정도의 내용을 외워서 강연하려고 했는데, 완벽하게 내용을 기억하지도 못했고, 실수도 많이 했다. 유튜브에 나와 있는 나의 세바시 강연은 세바시 분들의 훌륭한 편집 실력을 보여 주는 작품이다. 설상가상으로 코로나 팬데믹이 시작되면서 간증이나 강연은 더욱더 실천하기 어렵게 되었다. 직장과 학교, 교회 예배까지도 대부분 온라인 형태로 바뀌었고, 브로드웨이쇼나 음악회 등은 아예 취소되는 사태가 갑자기 일어난 것이다.

그런데 코로나바이러스 감염을 줄이기 위해 급속도로 변해 버린 현실은 온라인 비디오 컨퍼런스 붐을 일으켰다. 재택근무를 하기 시작한 나도 매일 몇 번씩 비디오 컨퍼런스로 하는 회의에 참석하기 시작했다. 큰 호텔에서 하던 투자 컨퍼런스나 애널리스트 세미나 등도 웨비나(Webinar, 웹 세미나) 형태로 하게 되었다. 이것을 보면서 나는 또 하나의 방법을 생각해 냈다. 다들 온라인으로 이벤트를 한다면 나도 직접 사람들 앞에서 간증이나 강연을 할 필요는 없겠단 생각이 들었던 것이다. 줌이나 웨비나 혹은 유튜브 라이브를 통해 사람들을 더 많이 만날 수 있지 않을까?

이 아이디어를 지인들과 나누기 시작했다. 5월에 처음으로 한 한국교회의 주일학교 교사들을 줌으로 만나 간증을 나누었다. 얼마 되지 않아, CFA 아시아태평양 협회로부터 강연 요청을 받았고, 9월 초, 불확신이 투자자들에게, 그리고 우리 모두에게 주는 영향에 대해서 강연을 했다. 10개국에서 900명 이상이 등록한 성공적인 이벤트였다. 10월엔 코트라(대한무역투자진흥공사)와 코리아 소사이어티(The Korea Society)가 개최한 멘토십 이벤트를 통해 외국에서 커리어를 추구하는 한국인 젊은이들을 격려하는 강연도 했다. 그 후, 캘리포니아와 뉴욕에 있는 교회에서 각각 간증 요청을 받았다. 여러 방법으로 간증과 강연을 계속 할 수 있는 기회가 시작된 것인지도 모른다는 생각이 들었다.

마음을 열어 놓고 산다는 것은 항상 가능성을 찾는 태도를 말한다. 계획대로, 마음대로, 원하는 대로 되지 않는 일은 아주 많다. 그럴 때마다 나는 희망을 잃고 포기하기보다는 또 다른 방법을 찾으려고 노력했다. 한 우물을 꾸준히 파야 한다는 조상님들의 말씀도 나름대로 가치가 있겠지만, 물이 떨어져 가거나 아예 물을 끌어 올릴 힘이 없다면 다른 우물을 찾거나 아예 물을 구할 다른 방법을 찾아나서야 한다고 나는 믿어 왔다. 한 방법을 고집할 만큼 세상이, 삶이 간단하지 않기 때문이다.

아픈 세상을 치유하는 힘

배려 Consideration

유학 초기에 나는 한국말이 그리워서, 한국 소식이 알고 싶어서 단파 라디오를 샀다. 그것으로 한국 방송을 잡으려고 노력했지만, 전파가 너무 약해 결국 듣지는 못했다. 그런데 몇 년 전부터 인터넷을 통해 한국 뉴스와 방송을 즐길 수 있게 됐다. 아이폰에서 흘러나오는 모 방송의 뉴스쇼를 매일 듣고, 독서 프로그램과 라디오 드라마 등을 청취할 수 있는 시대를 살게 된 것이다.

모국에서 전해지는 안타깝고 슬픈 소식들이 점점 많아지고 있다. 나라 곳곳에서 기업의 이기심과 정부 기관의 무관심 등이 초래한 안전사고로 희생되는 사람들의 이야기가 전해진다. 사랑과 보호로 감싸야 하는 아이들을 잔인하게 해치는 부모들의 이야기도 너무 자주 듣는다. 이유 없이 낯선 여성을 살해하는 사건도 일어났고, 상상을 초월하는 갑질 사례도 세상에 드러났다.

세상이 항상 이렇게 잔인했던가? 한국이 다른 나라보다 더 사회적으로 병들어 가고 있다는 생각은 들지 않는다. 하지만 살기 너무 힘들어서 삶을 스스로 포기하는 사람이 OECD 국가 중 가장 많은 나라가 우리나라란다. 대한민국을 이끌어 나가야 할 젊은이들이 삶의 소중한 것들을 포기해야 하는 현실로 인해 '헬조선'이란 이름이 붙은 나라가 우리나라란다.

이런 뉴스를 매일 접하다 보니 내가 아직도 삶의 희망을 붙잡는 이유가 과연 무엇인지 궁금해졌다. 나 자신이나 내 가족에 대한 희망이 아니라, 70억 넘는 사람들이 살고 있다는 이 세상을 향한 희망을 계속 품고 살아가야 하는 이유는 무엇일까? 아무리 생각해도 아직 희망을 놓을 때는 아닌 듯하다. 그 이유는 내가 수도 없이 경험해 온 사람들의 따스함과 친절함, 그리고 하나만 해도 될 것을 둘이나 셋을 하는 사람들의 지극한 배려 때문일 것이다.

그중 대표적으로 나를 15세 때부터 키워 주신 미국 부모님과 나에게 정말 사랑하는 것이 무엇인지를 가르쳐 주신 한 선생님에 대한 이야기를 할까 한다. 메리와 데이비드 오메셔 부부는 1982년 한국에 있는 선교사 친구에게서 한 부탁을 받는다. 한국에서 15세 난 시각장애인 아이가 유학하러 가는데, 입학 전에 6주 정도 데리고 있으면서 영어와 미국 문화를 가르쳐 달라는 것이었다. 당시 그들의 현실은 이런 부탁을 받아 줄 상황은 아니었다. 불치병으로 고생하는 쌍둥이 딸들을 살려 보겠다고 하루에 13잔의 유기농 채소 주스를 만들어 먹이고 있었으니까. 그럼에도 그들은 친구의 부탁을 들어줬다.

1982년 7월 중순, 내가 도착한 곳은 북서 뉴저지에 있는 한 시골 마을이었다. 내가 6주 동안 지낼 곳은 100년 전에 지었다는 큰 농가였다. 훗날 나의 미국 부모가 될 분들은 나를 맞을 준비를 완벽하게 해 놓고 있었다. 아직도 기억에 남는 놀라운 일은, 눈이 보이지 않는 아이가 다치지 않도록 여러 가구와 집 곳곳의 딱딱한 모서리들을 두꺼운 카펫으로 감싸 놓은 일이었다. 시각장애인과 같이 살기는커녕 만나 보지도 못한 그들이 이런 준비를 했다는 것이 감동스러웠다.

이뿐만 아니라, 그들은 학교, 도서관 등에 연락해 시각장애 학생에게 필요한 것들에 대해 문의했다고 한다. 그 덕에 내가 도착했을 때 책상 한가운데에는 한국에서 구할 수도 없었던 점자 타자기가 나를 기다리고 있었다. 또 시각장애인들을 위해 제작한 오디오북 플레이어와 많은 오디오북도 마련돼 있었다.

선교사 친구가 부탁한 것은 나를 데리고 있으면서 영어 좀 가르쳐 주고, 미국 문화에 적응하는 데 도움되는 경험을 시켜 달라는 것이었다. 그런데 그 부탁을 훨씬 뛰어넘는 맘과 대드의 준비와 노력으로 나의 언어 습득과 문화 적응은 빠른 속도로 진행됐다.

두 분의 열정 어린 교육과 지극한 보살핌을 받고, 나는 그해 9월에 필라델피아 오버브룩맹학교에 입학했다. 그곳도 내가 다니던 서울맹학교처럼 기숙사가 있는 학교였다. 유학생이라 기숙사 생활은 당연했지만, 주말마다 집에 갈 수 없어 점점 커지는 가족에 대한 그리움은 유학 생활을 더 힘들게 했다. 이런 어려운 상황을 견딜 수 있게 해 준 것은 기숙사 사감 선생님의 따뜻한 친절과 보살핌이었다.

나중에 알게 된 사실이지만 마거릿 암스트롱 사감 선생님(Mrs. A)은 그때 당시 66세로, 나이로만 보면 할머니가 되셨어야 할 분이었다. 젊었을 때 얻은 쌍둥이 딸을 돌도 되기 전에 잃은 그녀는 얼마 되지 않아 남편마저 잃는 불행을 겪었다고 한다. 그 후 암스트롱 선생님은 보육원에서 아이들을 키우는 일을 하다가 시각장애 아이들이 다니는 학교 기숙사에서 사감으로 일하게 됐다.

암스트롱 선생님이 보통 사감 선생님과 다르다는 것은 나의 녹음기 라디오가 고장났을 때 처음 알게 됐다. 그 시절 시각장애인들에게는 녹음기나 라디오가 요즘 사람들의 스마트폰처럼 중요했다. 음악, 라디오 드라마, 스포츠 중계 등을 들을 수 있었고, 음성 편지와 녹음된 책 등 많은 녹음테이프를 듣거나 만들도록 해 주었기 때문이다.

유학을 떠나는 나에게 엄마가 사 주신 최고급 소니 녹음기 라디오가 마침 고장이 났다. 암스트롱 선생님에게 그걸 보여줬더니, 당신이 고쳐다 주겠다고 했다. 그리고 며칠 후 고친 녹음기를 나에게 돌려주었다. 고치는 데 얼마가 들었는지 여쭤봤지만, 암스트롱 선생님은 원래 물건 수리비는 직접 요청한 사람이 내는 거라며 돈을 받지 않았다.

그 후 나는 암스트롱 선생님이 기숙사 사감 중에서도 아주 유난한 사람임을 알게 되었다. 처음에는 다른 사감 선생님들도 일주일에 두 번 정도는 아이들을 기숙사 식당에 보내지 않고 식사를 직접 만들어 주는 줄 알았고, 주말이 되면 집에 가지 못한 아이들을 데리고 하루 이틀 정도 여행을 다니는 줄로만 알았다. 하지만 그 학교에서 그렇게 아이들을 돌보는 분은 암스트롱 선생님뿐이었다. 주말여행도 학교에서 돈을 내주는 줄 알았는데, 사실 그분이 직접 돈을 낸다는 것을 나중에야 알게 됐다. 그렇게 나는 그분 덕에 나이아가라 폭포까지 가 봤다.

아직도 세상에는 이런 따스한 분들이 많다고 믿는다. 우리가 접하는 뉴스는 이해할 수 없는 사람들의 몰상식한 행동, 상상할 수 없는 이들의 잔인함을 더 자주 전한다. 하지만 작든 크든 다른 이들을 위해 한 걸음, 두 걸음, 열 걸음을 더 걷는 사람들의 따뜻한 배려가, 사실 찾아보면 우리 주위에 많이 있다고 나는 확신한다. 그런 이야기를 더 자주 접하는 세상, 그래서 그 아름다운 배려가 당연한 세상을 만드는 게 우리가 해야 할 일이 아닐까. 비록 작을지라도 하루에 한 번씩 남들의 기대치를 넘는 배려를 하는 것으로 이 일을 시작해 보자. 서로의 권리와 행복을 위해 노력하다 보면 우리 사회의 전체적인 가치가 올라갈 것이고, 우리 한 사람 한 사람의 가치도 따라 올라갈 거라고 나는 굳게 믿는다.

마음으로 보아야 잘 보인다

소망 Hope

몇십 년을 넘게 산 사람이라면 누구나 평생 가는 가슴앓이 하나는 갖고 살 것 같다. 어렸을 때 잃은 부모, 사이가 너무 나빠져서 연락을 끊은 형제나 자매, 한동안 간절했지만 결국 이루어지지 못한 사랑, 운이 따르지 않아 놓치고 만 일생의 기회 등. 코비드-19 팬데믹은 또 얼마나 많은 이들의 마음을 오랫동안 아프게 하는 기억을 남기게 될까?

나는 흔히 말하는 1급 시각장애인이다. 내가 전혀 노력하지 않았는데도 얻은 유일한 1급이다. 마지막으로 직접, 나의 두 눈으로 본 봄은 내가 아홉 살 때였던 1976년이었다. 엄마 손을 잡고 국립 서울맹학교라는 곳에 처음 갔을 때, 교문 왼쪽에는 아주 큰 은행나무가 서 있었다. 얼마 후 나는 은행나무를 더 이상 볼 수 없게 되었고 손으로 만져야만 그 큰 나무의 모양을 알 수 있게 되었다. 키가 매일 조금씩 눈에 보이지 않을 정도로 크듯이 시력도 서서히 약해져 갔고, 냄새가 고약한 은행알이 나무에서 떨어지기 시작할 때쯤 나는 빛도 못 보는, 시각장애인들이 쓰는 말로 '전맹(全盲, totally blind)'이 되었다.

그러나 내가 여태껏 마음 한구석에 간직해 온 가슴앓이는 나의 장애가 아니다. 내가 눈을 볼 수 없다는 사실은 오래전에 받아들인, 바꿀 수 없는 현실이기 때문이다. 아무리 속을 끓여도 시력을 다시 찾을 길은 없다. 또 계속되는 기술의 발전이 시각장애의 불편을 점점 줄여 주고도 있다. 실명(失明), 누구에게는 절망을 의미하는 단어일 수도 있겠다. 그러나 오래전부터 같이 살아서 이젠 너무 익숙해진 친구로, 나를 참 불편하고 귀찮게 하는 반려자인 동시에 내 삶에 큰 의미와 가르침을 가져다준 선생님으로 나는 실명을 결국 받아들였다.

그렇다고 나의 큰 가슴앓이가 시각장애와 전혀 상관이 없다고 말할 수는 없겠다. 시력을 잃지 않았다면 열다섯 살 때, 부모님과 형제, 친구들과 선생님들, 그리고 지금도 가끔 꿈의 배경이 되는 학교와 기숙사를 떠나, 미국이란 아주 먼 나라, 아는 사람도 없고 말도 통하지 않는 곳으로 유학을 오지는 않았을 테니까. 만약 더 커서 유학을 갔다면 영어 같은 외국어를 쓸모 있을 정도로만 배워서 한국으로 돌아갔을 가능성이 높다. 선생님들은 유학 잘 다녀와서 한국 시각장애인들을 위해 큰일을 하는 사람이 되라고 했다. 그리고 나 역시 그것을 유학의 목표로 생각했었다. 하지만 결국 나는 일시적인 유학생에서 한국계 미국인으로 정체성을 바꾸게 되었고, 방문 외에는 한국에, 고향에 갈 일이 없는 (듣기 불편한 단어로 표현되는) '교포'가 되고 말았다.

"고향 땅이 여기서 얼마나 되나?" 이렇게 시작하는 동요를 유학 초기에 나는 자주 부르곤 했다. 사실 나는 "푸른 하늘 끝 닿은" 지평선도 볼 수 없었고, 내가 살던 필라델피아나 북뉴저지는 "아카시아 흰 꽃이 바람에 날리"는 곳도 아니었는데. 게다가 나의 고향 서울은 뻐꾹새가 울고, 저녁마다 휘파람 부는 아이들이 소 몰고 논길을 걷는 곳도 아니었다. 그래도 나는 서울에 몹시 가고 싶었다. 말이 거의 통하지 않던 유학 생활 초기 몇 달 동안, 다른 사람들처럼 돌아가는 상황을 눈으로 보면서 짐작할 수도 없었던 나는, 마치 헬렌 켈러가 된 것 같은 답답함을 감수해야 했다. 시끄러웠던 기숙사의 난방장치 소리와 진동을 나를 한국으로 데려다주는 비행기의 제트엔진 소리와 진동으로 상상할 때도 있었다. 한숨 자고 나면 서울에 가 있을 거란 꿈까지 꾸기도 했다. 이런 상상은 영어로 소통이 잘 되기 시작한 이후에도 아주 오랫동안 계속되었다.

다른 사람들의 부러움을 살 귀중한 유학 기회를 얻었고, 또 미국에서 교포 생활까지 해 왔으면서 무슨 괴상한 말을 하는지 모르겠다며 짜증 내는 분들도 있겠다. 그러나 나는 자발적으로 미국에 정착했다고 생각하지 않는다. 대학 졸업이 가까웠을 때나 대학원 공부를 하고 있을 때도 한국으로 돌아가고 싶다는 생각이 굴뚝같았다. 하지만 직장을 구하거나 사업을 하려고 한국에 돌아갈 용기는 나지 않았다. 12년의 커리어를 통해 경쟁이 심한 금융 기업에서 쓸모 있는 직원이 될 수 있음을 증명했지만, 나에게 인터뷰 기회를 주는 한국 금융 기관은 매우 드물었다. 무엇보다도 나를, 즉 장애인을 해고해야 할 상황이 됐을 경우, 사회적으로 비판받을 가능성이 있기 때문에 꺼려 할 수밖에 없다는 회사들의 입장을 전해 듣기도 했다. 외국 회사와 한국은행이 조인트 벤처로 운영하고 있던 한 자산운용사와 2007년에 전화 인터뷰를 몇 번 해봤지만, 결국 고용을 심각하게 검토하지는 않았던 것 같다. 매일 새벽에 일어나면 한국에서 연락이 왔을까 하는 생각에 이메일을 즉시 확인하곤 했었는데…….

어쩔 수 없이 헤어진 첫사랑이 불행하게 살고 있단 소식을 들으면 가슴이 아픈 것처럼 한국을 생각하면 자주 마음이 쓰리다. 사실 뉴스 미디어를 통해 주로 한국 소식을 접하기 때문에 내가 가진 모국에 대한 생각이 정확하지 않을 수도 있겠다.

뉴스 프로그램들이 시청자나 청취자들의 반응을 계속 유도하기 위해 어느 정도 과장을 한다 해도, 참 살기 힘든 나라가 되어 버렸단 결론을 피하기는 어렵다. 비판받고 개선해야 할 문제를 조명하는 것이 저널리즘의 주기능이니, 마음을 따스하게 해 주고 위로가 되는 힐링 뉴스에만 초점을 둘 수 없다는 사실도 잘 안다. 내가 자주 듣던 한 뉴스 프로그램도 힐링 뉴스 코너를 시작했지만 오래가지 못했다. 전해야 할 다른 심각한 뉴스가 너무 많아서 그랬을까? 아니면 매일 보도할 정도의 힐링 뉴스를 찾지 못해서였을까?

마음 아프게 하는 이야기, 화나게 하는 사건들을 매일 접하다 보면 내가 갖고 있던 한국 사회에 대한 희망의 빛이 서서히 희미해져 가는 것을 의식하게 된다. 상사에게 매를 맞다가 죽은 사람의 이야기, 부모의 학대로 짧은 생을 마감한 아기들의 이야기, 많은 이들이 극단적인 결론을 선택하게 하는 기막힌 갑질 사건들, 죄가 없어도 누리꾼들에게 잘못 걸리면 한국에 살지 못할 정도로 괴롭힘을 당하는 현실 등등. '세상에 이런 일이 있을 수 있나?' 하는 생각을 하다가, '또!'라는 반응을 하게 된다. 그러다 보면 대다수 사람들이 이런 사건들을 결국 그리 해괴하거나 드물지 않은 해프닝으로 받아들일 수도 있겠단 생각이 든다. 헬조선이란 단어를 들었어도, 믿지 않았었다. 아니, 그런 부정적인 생각에 휩쓸려선 안 된다고 생각했었다.

문득 오래전에 읽었던 노먼 록웰에 대한 칼럼이 생각났다. 20세기 미국 화가였던 그는 점점 살기 힘들어지는 미국인들에게 보통 사람들이 평온하게, 행복하게 살아가는 많은 이미지를 선사했다고 한다. 악의 존재가 더 뚜렷해지고 있는 미국 사회를 록웰은 생생한 그림으로 표현하지 않았다. 대신 많은 이들이 꿈꾸는 삶의 지극히 이상적인 모습을 계속 그려 냈다. 결국 마음으로 더 잘 볼 수 있는 소망을 이미지로 보여 주는 소망 일러스트레이터가 된 것이었다.

돌아보면 시각장애인으로서 내가 제일 원했던 것은 록웰의 그림과 같은 삶이었다. 지극히 이상적인 삶, 사랑하는 사람과 가족 이루고, 작지만 평안을 주는 보금자리에서 아이들과 행복하게 사는 미래를 원했다. 시각장애인에 대한 편견이 아주 많았던 사회에서 살았기에 그런 삶은 나에게 이루기 힘든 이상일 뿐이었고, 그래서 더욱 그런 삶을 소망했다.

원하고자 하는 것을 이루기 위해 사람들은 재능과 노력 그리고 운이 필요하다고 꼽는다. 이 리스트에 내가 하나 더하고 싶은 것은 소망이다. 재능보다 운이, 그리고 노력보다 소망이 내 스토리의 테마가 되기 때문이다. 60% 이상의 미국 시각장애인들이 실업에서 벗어나지 못한다는 통계를 고등학교 시절 들었을 때, 나는 그 60%에 속하지 않을 거란 소망을 갖기로 했다. 내가 응시한 한 대학교의 유학생 합격률이 10 대 1이란 말을 들었을 때, 나는 내가 9보다 1이 될 수도 있을 거란 소망을 갖기로 했다. 월가에서 투자 일을 하는 시각장애인이 지극히 드물단 말을 들었을 때, 나도 그 드문 사람 중 하나가 되리란 소망을 갖기로 했다. 눈에 보이는 현실이 "아니다." "어렵다." "거의 불가능하다."라는 말을 할 때, 머리로 결단하고 마음으로 보기 시작하는 게 바로 소망이기 때문이리라. 소망은 아직도 나의 삶을 밝혀 주고 있다.

긍정보다 필요한 삶의 기술

인내 Endurance

낙천주의, 낙관론, 긍정적인 태도, 희망, 모두 삶에 도움이 되는 것처럼 들리는 말이다. 그런데 이런 믿음이나 견해가 항상 도움이 되지 않는다는 연구 결과가 있다. 포로수용소에서 오랫동안 생활을 하게 된 사람 중에서 희망을 갖는 사람, 특히 크리스마스나 늦어도 1년 뒤에는 수용소 생활을 끝낼 수 있을 거란 생각을 하는 사람일수록 오래 견디는 능력이 떨어진다는 것이다. 제2차 세계대전이 끝난 후 자유를 얻는 수용소 사람들을 조사한 결과였는데, 처음엔 참 이해할 수 없었다.

갑작스러운 코로나 시국으로 인해 상상을 초월하는 생활을 시작한 지도 벌써 1년이 되었다. 2020년 2월 말쯤에는 아내가 직접 운전을 해서 출퇴근을 시켜 주겠다고 했었다. 다행히 3월 둘째 주부터 나는 재택근무를 할 수 있었고, 아내는 매일 뉴욕시까지 두 번씩 왕복하는 수고를 면할 수 있었다. 그때 아내가 종종 나에게 물었다. 언제쯤이면 이런 고립된 생활을 그만할 수 있을 것 같으냐고. 상황을 가장 비관적으로 봤을 때 5월이나 늦어도 6월쯤이면 정상적인 생활을 시작할 수 있을 거라고 나는 말했었다. 물론 나의 큰 실수는 작년 5월이나 6월이 아니라 1년 후, 즉 2021년 5월이나 6월이란 설명을 잊은 것이었지만 말이다.

코로나 19라는 신종 전염병이 이렇게 오랫동안 아주 많은 이들의 정상적인 생활을 방해할 줄은 정말 몰랐었다. 특히 초기에 검사와 치료 등에 차질이 있어서 많은 사망자를 낸 미국이 짧은 시기 내에 시스템을 개선해서 방역을 잘하는 나라가 될 수 있을 거라 믿었다. 그러나 아직도 미국은 전 세계에서 방역을 가장 못한 나라 중 하나라는 불명예를 벗지 못하고 있다. 한국처럼 방역에 성공한 나라들의 국민들은 상상조차 할 수 없을 만큼, 아직 정상적인 생활을 하는 미국인들은 매우 드물다. 미국에서 첫 사망자가 기록된 2020년 2월 29일 이후 1년이 채 안 되어 사망자가 50만이 넘었다. 6월 22일, 미국의 사망자 수는 인구 10만 명당 182명인데, 한국의 사망자 수는 인구 10만 명당 4명이 채 안 된다.

나는 이제 아내나 또 다른 누구에게도 정상적인 생활이 언제 시작될 거라고 예측해 주지 않는다. 그냥 정상적인 생활이 시작되기 전까지 그저 견뎌 내야 한다는 것밖에는 달리 해 줄 말이 없다. 90세가 넘은 나의 미국인 대드를 보러 가고 싶어도 참는다. 전화를 자주 드리며 관계를 유지하고 있을 뿐이다. 병원에서 홀로 숨을 거두시는 부모님들, 그 임종을 페이스타임을 통해 지켜봐야 했던 친구들의 이야기를 몇 번이나 들었기 때문이다.

또 교회에서 특별히 친하게 지내 왔던 가족들과 만나서 식사라도 하고 싶다. 특히 우리와 같이 야나 유학생들을 돌보는 가족들, 아이들이 서로 사촌지간이라며 유난히 친하게 지냈던 가족들과는 너무 만나고 싶다. 하지만 역시 참지 않으면 안 된다. 감염력이 더 강하다는 변종 바이러스가 돌기 시작하면서 상황이 언제든 더 심각하게 돌변할 수 있기 때문이다. 그래서 다들 백신을 맞은 뒤에 만나자며 서로 격려하고 있다. 백신의 효과가 정말 이 상황에서 우리를 구해 줄 수 있을지조차 불투명하지만.

얼마 전 이런 얘기를 아내와 하다가 문득 떠오르는 기억 하나가 있었다. 바로 가출한 한 아이에 대한 기억이었다.

2010년부터 나와 아내는 한국에 있는 보육원 아이들을 돕는 일을 해 왔다. 마음과 생각이 같은 여러 사람과 같이 '야나'라는 비영리단체를 만들어 이 일을 더 본격적으로 하게 된 건 2012년부터다. 아이들에게 더 큰 세상을 보여 주고, 꿈을 갖게 하며, 다른 아이들처럼 행복한 삶을 실천해 갈 수 있도록 길을 만들어 주고자 시작한 일이다.

우리와 인연을 맺고 더 밝은 미래를 기대할 수 있을 것 같은 아이들이 보육원에서 자발적으로 혼자 살겠다며 퇴소하는 경우가 있다. 그해 4월 말에도 그런 일이 일어났다. 더 복잡한 이유가 있었겠지만, 우발적인 가출은 스마트폰에서 시작되었다고 했다.

시험 기간에 스마트폰을 쓰지 말라는 선생님 말에 발끈하여 고등학교 2학년 남자아이가 가출한 것이다. 이 아이는 '플라잉 해피니스' 여행으로 미국에 온 적도 있고, 우리 집에서 하루를 같이 지내기도 했다. 그날 나는 그 아이에게 야나 유학 프로그램 얘기를 해 주었고, 3년만 열심히 공부하고 준비하면 유학의 기회를 얻을 수 있을 거라는 격려의 말도 해 주었다.

그랬던 아이가 스마트폰을 며칠 못 쓰게 했다는 이유로 보육원에서 나갔다니……. 물론 이것은 낙타의 등을 부러뜨린 지푸라기 같은 것이었으리라. 규칙을 지켜야 하고, 선생님들의 간섭을 받아야 하고, 가끔은 선배들에게도 시달려야 하는 단체 생활이 얼마나 어려웠을까. 그런 힘든 환경에서 벗어나고 싶었을 아이의 마음을 이해하지 못했던 것은 아니다.

하지만 어쩔 수 없이 '1년 반만 더 참았더라면' 하는 아쉬움도 들었다. 왜냐하면 고등학교 졸업 뒤 보육원에서 퇴소할 때 받는 혜택들이 그 친구에게는 적용되지 않기 때문이었다. 예를 들어 정부가 주는 500만 원 지원비나 대학 입학 특혜도 포기하고, 보육원 선생님들의 많은 도움까지도 계속 받을 수 없게 된 것이었다. 조금만 더 참았으면 하는 안타까움에 속이 많이 상했다.

그 아이는 아르바이트하면서 공부도 하고 나중엔 직장이나 사업을 통해 삶을 꾸려 나갈 수 있을 것으로 생각했던 모양이다. 나는 그 아이가 정말 그렇게 성공하기를 바랐다. 그러나 매우 걱정되는 것도 사실이었다. 시험 기간만이 아니라 밤늦게까지 주말도 없이 열심히 하는 아이들에게도 성공이 보장되지 않는 세상이니까. 안타깝게도 퇴소 후, 그 아이는 아주 큰 후회를 하는 듯했다. 몇 달 되지 않아 힘들다는 메시지가 페북에 자주 올라왔고 자발 퇴소를 생각하는 후배들을 앞장서서 말린다는 소식을 들었다.

생각해 보면 산다는 것은 인내의 연속인 듯하다. 먹고 싶을 때, 놀고 싶을 때, 쉬고 싶을 때, 누군가에게 한마디 해 주고 싶을 때마저도. 한순간은 즐겁고 편하고 속이 후련할 수 있겠지만 그런 선택으로 결국 제일 고생을 하는 이는 그 자신일 것이다. 그러므로 이런 인내하는 생활을 우리 아이들에게 꼭 가르쳐야 한다. 그러기 위해서는 우리가 인내하는 모습을 먼저 그들에게 보여 주어야 하지 않을까 싶다. 견디기 힘들었던 경험도 아이들에게 말해 주고, 무엇 때문에 참았는지도 설명해 주어야겠다. 어른이 되려면 어려움, 외로움, 불공평도 때로 인내할 줄 알아야 하기 때문이다.

견디기 힘든 나날들을 인내해야 하는 상황은 누구에게나 언제든 올 수 있다. 나는 아내와 함께 다시 한번 그때 퇴소한 아이와, 그 뒤로 보육원을 뛰쳐나간 다른 몇몇 아이에 대한 걱정을 했다. 그리고 그들이 인내하지 못해서 겪게 된 고생에서 다시 인내를 배웠으면 했다. 코로나가 지나갈 때까지, 우리 모두 인내하면서 이 절실한 삶의 기술을 내 것으로 만드는 훈련을 하듯이 말이다.

나와 내 사람들까지 지켜 주는 것

먹구름 건너 무지개를 보려면 긍정적인 태도가 필요하다. 물론 말은 쉽지만 실제로는 매우 어렵다. 작년 3월부터 시작된 팬데믹은 우리를 갑자기 헤어나갈 통로가 없는 먹구름 속으로 몰아넣었고, 삶의 대부분이 코로나바이러스 관련된 것으로 변해 버렸다. 아직도 몇만 명씩 매일 더해지는 확진자, 매일 몇천 명씩 나오는 사망자, 평균보다 훨씬 더 많은 사람이 감염되고 죽어 가는 뉴욕/뉴저지 지역 소식, 아는 사람들이 죽었다는 소식, 개발된 백신들이 과연 계속 변이되고 있는 바이러스로부터 사람들을 보호해 줄 수 있을까 하는 염려까지. 긍정을 얘기하기 어려운 상황이 계속되고 있다. 불안감과 두려움을 피하기 힘든 상황이다. 그런데 이럴 때일수록 우리를 감싸고 있는 먹구름에서 벗어날 노력을 해야 한다는 생각이 든다.

나의 삶에 예상 밖의 먹구름이 드리웠던 2018년 늦가을의 기억이 떠오른다. 그때 나는 병원 침대에 누워 있었고, 아이들은 나에게 음식을 먹이고 있었다. 데이비드는 스푼에 젤로(JELL-O)를 떠서 "아빠, 아." 하고, 예진이는 얼음 담은 스푼을 들고 "아빠, 아." 한다. 그러다가 한 스푼에 젤로와 얼음을 같이 담아 먹여 주기도 한다. 아이들은 웃고 재잘거리고, 아이들 엄마는 이 모습을 비디오에 담았다. 평범한 일상처럼 보이지만 당시 나에게는 절대로 그렇지 않았다. 나이가 쉰하나밖에 되지 않은 내가 왜 이렇게 되었던 걸까? 회사에서 일하고 있어야 할 내가, 그것도 중요한 이사회 회의가 예정된 날 오후에 음식도 아닌 것을 침대에서 받아먹게 되었을까?

배에 진통을 처음 느끼기 시작한 것은 그 주 월요일이었다. 횡격막 바로 아래쪽에서 시작된 진통은 등허리와 어깨, 목 뒤쪽까지 퍼졌다. 화요일엔 회사에 앉아서 일하기도 어려울 정도로 진통이 심해졌다. 그러다 목요일 새벽 나는 너무 심해진 진통을 견디다가 결국 응급실 방문을 피할 수 없는 상황이 되었음을 깨달았다. 결국 자고 있는 아내를 깨웠다. 자신이 자고 있을 때 깨우는 사람을 가장 싫어한다는 사람을 감히 깨운 것이다. 그러나 그것은 아주 현명한 결정이었다. 비장 옆에 있는 동맥이 끊어졌다는 사실을 알게 되었으니까. 생명에 큰 지장은 없었지만, 혈압이 너무 높다고 판단한 의사들은 나를 즉시 입원시켰다.

나흘 후 병원을 나오면서 나는 내게 꼭 필요한 경고를 받은 것으로 그 경험을 해석하기로 했다. 새로 처방받은 약을 열심히 먹고 건강에 신경 쓰기로 다짐했다. 그런데 이러한 다짐과는 달리, 이상한 일이 일어나기 시작했다. 항상 따뜻했던 내 손이 아주 찬 물에 씻었을 때처럼 차가워졌다. 작은 일에도 아내와 아이들에게 화를 내고 날카로운 말을 내뱉는 일도 잦아졌다. 아내가 친언니 같이 따르는 분 앞에서 무례하게 화를 내기까지 했다. 아내가 이런 일 때문에 나와 크게 싸우고 가출하는 악몽을 꾸었다는 말을 듣고 나는 상황이 심각해졌음을 깨달았다.

며칠 동안 나는 나 자신을 돌아보면서 내 일상이 많이 달라졌음을 알게 되었다. 평소에도 내가 하는 애널리스트의 일 때문에 숫자에 민감하긴 했지만, 뜻밖의 입원을 한 후부터는 다른 숫자에 더 신경 쓰게 되었다. 하루에 몇 번씩 재는 혈압, 손목에 차고 있는 핏비트(Fitbit)를 통해 아이폰에 나타나는 맥박, 매일 아침 재는 몸무게. 이 숫자들이 올라가면 불안해져서 손이 더 차가워지는 듯했다. 어느새 내 마음에 점점 더 큰 자리를 차지하고 있는 불안감을 의식하게 되었다. 갑자기 심하게 올라가 버린 혈압이 다른 동맥을 끊었다면 정말 위험했을 거란 의사의 말이 나에게 큰 충격을 주었음을 더 이상 부인할 수 없었다. 아이를 낳기 위해 오래전에 일을 그만둔 아내와 아직 대학도 가지 않은 아이들 둘을 생각하면 내가 잘못되면 절대 안 되는 때였다.

게다가 퇴원 뒤 얼마 되지 않아 회사에서는 연말 직원 평가 과정이 시작되었다. 언젠가부터 나에게 가장 스트레스를 주는 시기가 돼 버린 그 몇 주가 다시 돌아온 것이다. 월가 회사에는 '보너스 푸쉬(bonus push)'라는 말이 있다. 연말평가가 그해 보너스와 다음 해 연봉을 결정하는 대표적인 요소가 되기 때문에, 대략 8월부터 12월쯤까지 일을 더 적극적으로, 될 수 있으면 높은 사람들 눈에 보이도록 노력한다는 것을 의미하는 말이다. 나 역시 그 영향을 받지 않을 수 없었다. 12월 중순쯤 나오는 평가가 혹독할 거란 걱정을 떨쳐 버릴 수 없었다. 자산운용팀이 개발한 가치 기준에 맞는 투자 아이디어를 찾아 포트폴리오에 포함시키는 게 나의 일인데, 추천할 만한 아이디어를 오랫동안 찾지 못했던 것이다. 너무 비싸져 버린 채권 가치가 제일 큰 문제였지만, 아무리 그렇다 해도 충분한 아이디어를 개발해 내지 못하는 애널리스트를 훈훈한 말로 평가하진 않을 거란 예감을 지울 수 없었다.

여기에 엎친 데 덮친 격으로 2013년 여름부터 왼손 검지의 감각이 계속 줄어 가고 있었다. 왼손 검지는 시각장애인에게 가장 중요한 손가락이다. 점자를 이 손가락으로 읽기 때문이다. 그런데 언젠가부터 검지로는 점자를 전혀 읽지 못하게 되었고, 왼손 중지로 대신하여 점자를 읽으려고 훈련해 왔으나 거의 40년을 써 온 검지만큼 읽는 속도가 나지 않았다. 이 역시 하는 일에 스트레스가 되었다. 이를 고칠 방법은 수술뿐이지만 성공할 가능성은 매우 낮다고 했다. 정안자들은 손가락이 아홉 개나 더 있는데 무슨 걱정이냐고 할 수 있겠지만, 오랫동안 점자를 읽으면서 훈련시킨 손가락의 민감도는 아주 특별한 것이다. 보통 손가락 끝은 두 개의 핀이 적어도 2~3밀리미터 정도 떨어져 있어야 두 개라는 것을 인식한다. 그러나 점자를 읽는 손가락 끝은 1밀리미터 정도 떨어진 두 개의 핀도 인식할 수 있다. 결국 나에게 글 읽는 데 장애가, 쉽게 고칠 수 없는 장애가 생긴 것이었다.

고혈압 때문에 병원 신세까지 지고 왔던 나는 건강에 대한 염려, 평가에 대한 걱정, 평가 후 꼭 따라오는 연봉 협상에 대한 두려움 등으로 불안한 나날을 보내고 있었다. 곧 나의 일상의 평안을 잃게 되었다는 사실을 깨달았다. 감당하기 어려운 불안은 나의 손뿐만이 아니라 나 자신을 차가운 사람으로, 신경질적인 사람으로 만들었고, 나 혼자만이 아니라 주위 사람들까지 괴롭히고 낙담시키는 남편, 아빠, 동료로 만들었다. 세상을 더 평화로운 곳으로 만들려고 하기 전에 내 마음에 평화가 다시 찾아오도록 나 자신부터 먼저 다스려야겠다는 생각이 들었다. 이를 위해 며칠 동안 기도하며 묵상을 거듭했다.

나의 삶을 돌아보면 건강에 대한 염려, 다른 이들이 나를 어떻게 평가하는가에 대한 걱정, 그리고 경제적인 안정에 대한 두려움 등은 그렇게 크지 않았다. 육체의 건강도 중요하지만, 더 소중한 것은 영적인 건강이라고 생각했다. 우선 나에게는 주어진 사명이 있었다. 사랑하는 이들을 진심으로 사랑하고 아끼는 일, 내가 도울 수 있는 사람들, 예를 들어 보육원 아이들을 돕는 일, 무엇보다 하나님의 존재, 현실, 은혜를 세상에 알리는 일 등이 나의 사명이라고 믿었다. 이 사명을 다하기 전까지 나는 죽거나 쇠약하지 않을 거란 확신이 있었다. 그런데 동맥 하나 끊어졌다고 충격을 받다니.

회사 내에서 내 직무에 대한 평가나 연봉 역시 나를, 내 가족을 어떻게 할 수 있었을까? 최악의 평가를 받은 적도 많았다. 대학 시절 F학점도 받아 봤고, 회사에서는 모든 분야에 개선이 필요하단 평가도 받아 봤다. 1년 보수의 꽤 큰 부분을 차지하는 보너스를 전혀 받지 못한 적도 있었고, 한 달 월급도 안 되는 보너스를 받은 적도 몇 번 있었다. 개인 채무가 자산에 가까워질 때도 있었고, 돈이 없어서 부모님께 보내드릴 생활비를 늦춰야 하는 상황도 겪었었다. 그런 일이 자주 있었는데도 나와 아내 그리고 아이들은 행복한 생활을 유지해 오지 않았었나? 큰일을 당할 때면 왜 내게 이런 일이 일어났나 의심하거나 불평하기보다는 내가 누구를 의지하며 사는지를 기억하라는 목사님의 설교를 들은 적이 있다. 그렇다. 나는 하나님을 믿고 의지하는 사람이다.

이런 생각을 하다 보니 내 손은 점점 따뜻해졌다. 신앙과 긍정적인 태도를 되찾은 나의 마음에 평안이 돌아온 것이었다. 비행기를 탔을 때 항상 듣는 말처럼, 자신의 산소마스크를 먼저 착용하고 나서 아이들이나 도움이 필요한 사람들을 도와주어야 한다는 사실을 새삼스럽게 깨달았다. 마음의 평안은 영적인 산소에 예민하다. 무슨 이유로든지 이것이 부족해진다면 먼저 자신의 영적인 산소 보충을 위해 노력해야 한다. 내가 마음의 평안을 얻어 안정을 되찾아야만 주위 사람들을 아프게 하지 않고 지켜 줄 수 있을 테니까.

사랑은 선택이다

약속 Commitment

코로나바이러스가 한창이던 2020년 6월 중순이었다. 6년 1개월 27일, 거의 74개월 동안 가족으로 같이 살았던 그 아이를 생모에게 보내고 오는 길, 차 안에는 침묵이 흘렀다. 계획대로 한 달 반쯤 후에 다시 볼 수 있을까? 아니면 더 오랜 세월 한국에서 지내게 될지도 모르는 상황이었다. 집에 도착하여 점심을 먹은 후 아내가 문득 이런 말을 했다. "왜 이렇게 집이 조용해!"

2014년 4월, 나와 아내 그레이스는 우리 삶의 가장 큰 모험을 시작했다. 만나 본 적도 없는 아이 하나를 한국 보육원에서 데려와 키우기로 한 것이었다. 그때 우리에게는 벌써 만 아홉 살이 되는 아들 데이비드가 있었다. 결혼한 지 9년 만에 어렵게 얻은 귀한 자식이었다. 입양서류를 작성하던 2004년 여름, 난생처음으로 불임 치료 없이 아내가 임신한 것은 누가 봐도 기적이었다. 오랜 불임 치료는 다섯 번이나 유산으로 끝났고, 우리는 그 일을 하나님께서 주시는 메시지로 받아들이기로 했었다. 아기를 우리에겐 다른 방법으로 보내 주시려나 보다 하고.

불임 치료의 스트레스에서 해방되어서였을까? 아니면 서울맹학교 선배가 아내에게 처방해 준 한약 덕분이었을까? 그것도 아니면 우리가 원하지 않는 방법으로 우리의 삶을 인도하시는 것 같은 하나님의 뜻을 감사하는 마음으로 받아들여서였을까? 우리는 입양 자격을 잃고 말았다. 입양 절차 중 임신을 하는 커플은 계속 절차를 밟을 수 없기 때문이다.

하지만 나나 아내나 입양에 대한 생각을 완전히 접지는 않았다. 입양 이야기는 결혼 전부터 했었다. 법 절차에 따른 입양은 아니지만, 나를 아들로 받아들여 열여섯 살 때부터 키워주신 미국 부모님 때문에, 또 아들 둘을 입양한 미국 형과 형수, 딸을 입양한 누나를 보면서, 우리도 언젠가는 입양을 해야겠다는 생각을 했었다. 그리고 아들 데이비드가 다섯 살이 되었을 때쯤, 그 생각이 더 뚜렷한 계획으로 우리에게 다가오기 시작했다.

나와 아내가 한국 보육원 아이들에게 관심을 갖게 된 것은 사라라는 고등학생이 교회에서 나눈 선교 보고 때문이었다. 한국말을 하는 것을 한 번도 본 적이 없는 사라가 아주 유창한 한국말로 자신을 포함한 단기 선교팀의 경험을 들려주었다. 서울에 있는 동명아동복지센터에 다녀온 그들은 그곳에 사는 아이들을 위해서 영어 여름성경학교 프로그램을 준비했다. 그리고 매년 여름, 약 2주 정도 같이 생활하면서 아이들과 서서히 친해졌다고 했다.

아직도 한국에 보육원이 많나 하는 생각을 하면서, 우리는 이 선교팀을 훈련시키고 인솔했던 황주 목사님을 우리 집으로 초대했다. 우리가 다니던 뉴저지 찬양교회의 교육 목사님이었던 그는 우리에게 놀라운 얘기를 해 주었다. 한국에는 2만 명이 넘는 아이들이 비슷한 시설에서 살고 있다고. 그리고 옛날 고아원과는 달리, 이들 중 80%가 넘는 아이들에게는 살아 있는 부모가 있다고. 또 고등학교를 졸업하면 시설에서 퇴소해야 하는데 그러면 하루아침에 홀로서야 하는 '독립적인' 어른이 된다고. 보육원 출신이라는 꼬리표가 가져다주는 차별도 큰 문제지만, 기댈 어른이나 가족이 없는 이 아이들은 아주 어려운 삶을 살 수밖에 없다고.

의논과 기도 끝에, 나와 아내는 이 아이들을 돕기 원하는 황주 목사님과 사역을 같이 하기로 결심했다. 아이들 4명과 선생님 두 분을 미국으로 초대하는 비전 여행, 플라잉 해피니스(flying happiness)를 시작으로 우리는 동명아동복지센터의 아이들을 돕는 일에 합류했다. 그리고 한 교회가 할 수 있는 일이 아니라는 판단에 우리는 야나 미니스트리라는 비영리단체를 설립하기에 이르렀다. 야나(YANA), 즉 "You Are Not Alone.(너는 혼자가 아니야.)"이라는 메시지를 아이들에게 현실적이고 구체적인 방법으로 전하는 단체로 만들기로 결심했다. 그때 나의 마음 한구석에는 야나 유학 프로그램의 꿈이 싹트고 있었고, 적어도 야나 유학생 중 한 명에게는 우리가 부모가 되어 주고, 아주 오랫동안, 영원히 기댈 수 있는 가족이 되어 주리라고 소망하고 있었다.

이 야나 유학 프로그램의 시작이 바로 우리 예진이었다. 동명 선생님들의 추천으로 2014년 미국으로 온 예진이는 만 두 살 때부터 보육원에서 살았다고 했다. 열세 살이 되기 3개월 전에 우리 집으로 온 예진이는 동명에서 가장 공부를 잘하는 아이였다. 그렇지만 우리는 예진이에게 기본적인 영어 레슨, 무조건 외우는 것 외에 필수적인 공부 방법, 그리고 가족의 일원으로 산다는 것의 의미 등을 가르쳐야 했다. 또 우리를 그저 '후원자님'처럼 대하는 아이의 본능적인 태도를 바꾸느라 노력했다. 예진이 자신이 우리 가족과 더는 못 살겠다고 하기 전에는 헤어질 일은 없을 거라고 아이에게 약속해 주었다.

하지만 동명 선생님들의 보살핌으로 성장한 예진이, 영양사 선생님이 짠 식단에 맞춰 먹느라 같은 음식을 연속해서 먹어 보지 못한 예진이, 말썽을 부리지 않았기에 별 간섭 없이 생활할 수 있었던 예진이는 우선 엄마 아빠의 잔소리를 힘들어했다. 잔소리를 자신에 대한 비판적 평가로 받아들였기 때문이다. 우리가 아이의 행동을 이해하지 못하는 경우도 많았다. 옷 쇼핑을 가면 입지 않을 스타일의 옷도 사고, 외식할 때면 가장 비싼 음식을 주문했다. 이것이 바로 아이들이 후원자들을 대하는 태도라는 것을 나중에야 알게 되었다.

아이가 시설에서 산 기간의 두 배를 같이 살아야 참된 가족이 될 수 있다는 말을 들은 적이 있다. 예진이는 동명에서 약 10년 동안 살았다. 그러니까 20년을 같이 살아야 진정 가족이 된다는 말이었다. 예진이가 언제부터 우리와 자연스러운 가족이 되었는지는 잘 모르겠다. 하지만 언제부턴가 아이는 우리와, 특히 그레이스와 아주 단단한 관계를, 누가 봐도 엄마와 딸의 관계를 맺고 있었다. 마치 절대 헤어지지 않겠다는 우리의 약속을 믿게 된 것처럼. 그러나 아이를 생모에게 보내면서는 아주 혼란스러운 생각을 떨칠 수 없었다.

예진이의 생모는 예진이가 동명에 맡겨지기 전에 아이 곁을 떠났다고 들었다. 그래서 아이는 엄마에 대한 기억이 전혀 없다. 그런데 예진이가 10학년 때 갑자기 생모에게서 연락이 왔다. 상상도 못 했던 일이었다. 대학 입학에 신경을 쓰고 있던 예진이는 오랫동안 매우 혼란스러워했다. 생모가 원하는 대로 한국에 가야 하는 것인지, 계속 대입 준비에 열중해야 하는 것인지 몰라 힘들어했다. 결국 그 과정이 끝난 뒤로 만남을 연기하기로 결정했다.

코로나바이러스로 세계가 시끄럽던 작년 3월, 생모의 언니, 즉 예진이의 이모가 아내 그레이스에게 갑자기 연락을 해왔다. 동생의 건강이 많이 악화되었다는 소식을 전해 준 것이다. 우리는 몇 달 후, 그러니까 고등학교 졸업을 한 후엔 꼭 아이를 한국으로 보내야겠다는 생각을 했다. 예진이는 가을 학기에 대학에 입학하기로 되어 있었다. 만일 아이가 한국에 간다면 유학비자를 갱신해야 미국으로 다시 돌아올 수 있었다. 그런데 코로나바이러스 위기를 이유로 미국 대사관과 영사관들이 모두 작년 3월 중순부터 비자 인터뷰를 중단한 상황이 마음에 걸렸다. 언제 이 일을 다시 시작할지는 누구도 몰랐기 때문이었다. 그런데도 우리는 예진이가 생모를 만날 시간이 왔다고 판단했고, 아이를 한국에 가는 비행기에 태웠다. 만일 비자 문제로 미국에 오는 시간이 늦어진다면 생모와 더 오랜 시간을 보낼 수도 있을 거란 생각을 하면서.

그런 상황에서 우리는 무엇을 바라야 했을까? 예진이만 생각한다면, 그들 모녀가 관계를 회복하기를, 즉 어린 아기를 두고 떠나야 했던 엄마의 처지를 딸이 이해하고, 친부모와 떨어져서 오랫동안 살아야 했던 딸의 마음을 엄마가 이해하기를 바라야 했다.

그렇게 아이를 한국으로 보냈다. 한편으론 매우 두려운 것도 사실이었다. 한국에 있는 엄마와 약 2년 동안 연락을 하면서 예진이는 엄마가 말을 꺼내 주길 바랐다. 왜 자신을 두고 떠났는지 설명해 주기를 원했지만, 엄마는 끝내 그런 말을 꺼내지 않았다. 몇 주, 몇 달 같이 살면서도 서로를 이해하는 대화를 하지 못하면 어쩌나? 또 아이가 더 큰 상처를 얻게 되면 어쩌나? 그런 염려가 뇌리를 떠나지 않았다. 항상 밝은 얼굴로 우리를 대하려던 아이, 자신은 한 번도 누군가에게 마음을 연 적이 없다며 목놓아 울던 아이, 엄마 그레이스 품에 매일 안겨 귀여움을 받는 강아지를 부러워하던 아이. 이런저런 생각을 하면서 서서히 커지는 마음속 빈자리를 의식하기 시작했다.

낯선 아이를 6년 넘게 키웠다. 언제부턴가 딸이라고 여기고 아이가 우리에게 전적으로 의지하는 것을 받아들이기 시작했었다. 만일 그 아이가 생모와, 혹은 생부와도 기적적인 관계 회복을 통해 자신의 친가족을 되찾는다면 우리는 한편으로는 상실의 아픔으로 힘들어하겠지만, 또 한편으로는 우리가 받은 축복을 다른 이에게 꼭 필요할 때 나눠 준 것을 다행으로, 감사하는 마음으로 받아들여야 할 것이다. 그리고 우리는 또 우리의 사랑이 꼭 필요한 아이를 다시 찾아야 할지도 모른다. 그러나 아무리 그렇게 된다 해도 예진이에게 해 준 약속, 아이와 헤어지지 않겠다는 그 언약을 지켜 나갈 것이다. 언제나 돌아올 수 있는 가족과 집은 누구에게나 있어야 하는 법이니까.

에필로그

장애를 NBD(No Big Deal)로 만드는 세 글자

세바시 강연 원고(2019.11.14)

여러분, 안녕하세요? 뉴욕에서 온 신순규입니다. 반갑습니다. 저는 사실 세바시의 콜을 오랫동안 기다렸습니다. 4년 전에 『눈 감으면 보이는 것들』이란 에세이집을 출간했는데요. 기사가 쏟아져 나오고, 8시 TV 뉴스에 보도되고, 방송 출연하면서, 3일 만에 초판 5000부가 다 나갔습니다. 2주 동안 베스트셀러 리스트에 올라서, 저는 그 정도면 세바시에서 연락이 올 줄 알았어요. 그런데 언제 연락이 왔을까요? 올해 9월 23일에 드디어 왔습니다. 여러분, 이렇게 만나게 돼서 정말 기쁘고 너무 영광입니다.

여러분, 장애가 과연 뭘까요? 장애. 영어로 하면, disability, dis-ability. 능력(ability)의 반대말. 그리 기분 좋은 뉘앙스의 단어는 아니지요. 그리고 여기 장애를 한자로 어떻게 쓰는지 아시는 분 계세요? 예, 맞습니다. 막을 장(障), 거리낄 애(礙). 이것도 그리 기분 좋은 말은 아니죠.

저는 시각장애인입니다. 미국에서는 legally blind라고 해서 계급이 없지만, 한국에서는 엄연한 1급 시각장애인입니다. 돈 더 안 내고 별 노력 없이 제가 취득한 유일한 퍼스트 클래스(first class), 1급입니다. 눈을 통해 무언가를 보는 것이 능력이라면, 저는 이 능력을 오래전에 잃었습니다. 왼쪽 눈의 시력은 갓난아기일 때 진단받은 녹내장 때문에, 오른쪽 눈의 시력은 일곱 살 때 온 망막박리 때문에 잃었죠. 깜깜한 밤중에 갑자기 환하게 불을 켜도 의식하지 못하는 1급 시각장애인, 저희 맹인들이 흔히 말하는 전맹이 된 것입니다.

다시 말씀드리지만 시각장애란 시력 상실, 눈으로 보는 기능 상실만을 말합니다. 더도 아니고, 덜도 아닙니다. 그러나 우리는 시각장애를 훨씬 더 크게, 더 심각하게 봅니다. 그도 그럴 것이 우리는 시력을 통해, 아 죄송합니다, 여러분께서는 시력을 통해 아주 많은 것을 캐치하고 이해하고 흡수합니다. 사람들의 정보 습득 중 약 80%가 시력을 통해 이루어진다고 합니다. 그래서 여러분은 내 두 눈으로 똑똑히 봐야 믿겠다는 말도 하지요. 이렇게 중요한 기능을 상실한 것이 무엇을 의미

할까요? 한 가지는 확실합니다. 무능을 의미하지는 않습니다.

여러분, 그럼 사람을 장애인으로 만드는 것은 과연 뭘까요? 예, 바로 그겁니다. 생각. 장애만을 이유로 다른 이에게 혹은 나 자신에게 제한을 두는 생각. 능력에 혹은 가능성에 선을 긋는 생각. 편견 말고 논리적인 것 같은데 장애의 의미를 쓸데없이 확대시키는 생각. 이런 생각들이 장애인을 만들어요. 예를 하나 들어 보겠습니다.

25년 전, 그러니까 1994년 초, 저는 뉴욕에 있는 여러 투자은행에 이력서를 보내고 있었습니다. 증권 분석에 관심이 있기도 했지만, 그보다는 시각장애인도 증권 분석 프로, 즉 애널리스트 일을 할 수 있단 걸 보여 주고 싶었습니다. 그래서 아주 어려울 거란 경고를 무시하고 이력서와 카버레터(자기소개서)를 계속 보냈습니다. 비슷한 인터뷰를 자주 되풀이했습니다. 대화 대부분은 투자 은행 일이 얼마나 힘든지에 초점을 두었고, 시각장애인이 할 만한 일이 아니라는 주장도 여러 번 들었습니다. 왜 굳이 이런 일을 하려고 하냐는 말도 들었지요. 하지만 저는 긍정적인 생각 하나를 붙잡고 지원을 계속했습니다. 나의 장애를 넘어 나를, 나란 사람을 열린 마음으로 봐 줄 수 있는 그 사람, 그런 사람 한 명만 만나면 된다는 생각이었지요. 그런 사람이 꼭 있을 거라고, 그것도 그 사람이 뉴욕의 투자 은행에서 직원을 고용하는 자리에 있을 거라고 확신했습니다. 지나친 낙관도 병은 병입니다. 근데 그 반대보다는 부작용이 적습니다.

이런 저의 고집에는 다 이유가 있었습니다. 오래전에 저는 저의 장애를 받아들이면서도 그것에 지나친 파워를 주지 않겠다고 결심했었습니다. 장애와 같이 가지만 장애에 지배당하는 삶은 살지 않겠다고 다짐했었습니다. 이 삶의 지침을 지키기 위해 저는 세 가지 계율을 정했습니다.

첫째 계율은 S, 즉 Skill입니다. 시각장애의 불편을 만회하기 위해 필요한 '스킬'을 말합니다. 점자, 보행을 비롯한 독립생활 능력, 컴퓨터와 스마트폰을 사용하게 해 주는 스크린리더 사용법 등은 무조건 습득하려고 노력했습니다. 습득 정도에 그치지 않고 이 스킬들을 마스터하기 위해, 그래서 시각장애가 저에게 주는 불편을 줄일 수 있도록 노력하고 훈련했습니다. 그래서 대학원 때부터 결혼하기 전까지 약 5년 동안은 혼자 음식을 해 먹었습니다. 설탕을 좀 많이 넣은 저의 불고기 요리를 먹으면서 이게 반찬인지 디저트인지 모르겠다고 말한 친구도 있었습니다. 그리고 한번은 혼자 로스앤젤레스에 가서 버스 타고 다니며 여러 학교를 방문하기도 했습니다. 낯선 곳에도 혼자 갈 수 있단 자신감을 키우기 위해서 모험을 한 것이었습니다.

둘째 계율은 I, 즉 Identity입니다. '정체성'을 말합니다. 제가 시각장애인인 것은 맞지만 저의 정체성이 장애인으로 시작되면 안 된다고 생각했습니다. 어떤 미국 시각장애인은 이렇게까지 말하더군요. 시력이 있고 없고의 차이는 갈색 머리와 금발의 차이와 같다고. 근데 이건 오버(over)인 것 같아요. 투머치(Too much)죠! 저의 정체성에 있어 가장 중요한 것은 물론 크리스천이란 사실이겠지요. 그리고 다른 여러 가지 요소가 저의 정체성을 완성시킵니다. 아들, 형제, 남편, 아빠, 친구, 야나 이사, 작가, 애널리스트 등. 저에게 시각장애는 아주 오래가는 불편일 뿐입니다. 그리고 저를 제가 원하지 않는 그 어떤 사람으로도 만들 수 없습니다.

셋째 계율은 D, 즉 Determination입니다. 사회의 일원으로 떳떳하게 살아가겠다는 '결단'을 말합니다. 사회는 아직, 아니 언제까지나 시력 소유자 중심으로 갈 거라고 믿었습니다. 내가 그런 사회의 일원이 되려면, '나와 그들'보다는 '우리'를 염두에 두고 같이 가는 상황을 만들어야 한다고 생각했습니다. 예를 하나 들어 보겠습니다. CFA 국제재무분석사 시험을 준비할 때 얘기입니다. 점자 시험을 제공할 수 없었던 CFA협회는 시험 문제를 읽어 주고 제가 말하는 답을 답안지에 받아

적어 주는 리더를 고용하는 데 동의했습니다. 또 시험 시간을 50% 더 주는 데에도 동의했습니다. 이런 것들을 정당 편의라고 하지요. 하지만 계산기만은 그들이 정해 놓은 것 중 하나를 꼭 써야 한다고 고집했습니다. 그들이 정해 놓은 계산기는 다 시각장애인이 쓸 수 없는 모델이었는데도 말이지요. 더 이상 설득이 불가능하단 것을 깨닫고 저는 눈 감고 계산기 쓰는 훈련을 시작했습니다. 스크린에 나오는 답을 리더가 읽어 주기로 하면서 그들의, 즉 일반 사회의 요구를 제가 받아들일 길을 찾은 것이었습니다. 그들과 싸워 이긴 것이 아니라, 타협을 통해 서로 조금씩 양보하면서 답을 같이 찾아낸 것이었지요.

여러분, 저는 Determination, Identity, Skill 이 세 단어의 앞 글자 dis를 disability에서 빼내면서 dis-ability를 ability(능력)로 바꿨습니다. 저는 이렇게 장애를 받아들이면서도 장애의 지배를 받지 않는 삶을 살아왔습니다. 애널리스트란 진로 선택도 이런 굳은 다짐에서, 고집에서 온 것이었습니다.

1994년 여름이 다 갈 무렵, 저는 제가 기다렸던 그 한 사람을 드디어 만나게 됩니다. JP모건사의 글로벌 신용 분석팀 팀장 조 사바티니, 그는 저와 면접을 시작하면서 특이한 제안을 하나 했습니다. 한동안 저의 시각장애를 잊고 대화해 보자는 제안이었습니다. 그래서 저는 난생처음 시각장애와는 상관없는 입사 인터뷰를 할 수 있었습니다. 제 교육 배경과 관심 분야, 분석 스킬과 커리어 계획 등을 한 시간 동안 이야기한 후, 그는 자신의 팀에서 오퍼를 보낼 거란 말을 해 주었습니다. 그런데 시각장애 때문에 의논해야 하는 것들, 예를 들어 일에 필요한 특별 소프트웨어나 기계에 관해서는 IT 부서나 인사과 사람들과 의논하라고 했습니다. 이렇게 말하더군요. "That's not my problem.(내가 신경 써야 할 문제가 아니야.)" 이렇게 해서 저는 시각장애인이 아주 드문 분야, 세계 금융시장의 중심으로 불리는 월가에서 증권 분석 애널리스트가 됩니다. 그리고 25년이 지난 지금도 저는 그 일을 하고 있습니다. 헬스케어 분야 회사들이 발행하는 채권 분석을 책임지고 있습니다.

그런데 여러분, 생활과 일에 필요한 '스킬', 부정적인 것들에게 지배받지 않는 '정체성', 그리고 나와 다른 사람들이 대부분인 사회지만 그 사회의 일원으로 살겠다는 '결단'이 꼭 장애인에게만 유용할까요? 다른 큰 도전을 안고 살아가는 분들도 비슷한 전략으로 삶의 장애를 넘을 수 있지 않을까 하는 생각을 했었습니다. 그러던 중 저는 마음을 특별히 아프게 하는 이야기 하나를 듣게 됩니다. 저 같은 장애인이 넘어야 할 벽보다 더 높은 장벽을 넘어야 하는 아이들의 이야기를 들었습니다.

여러분, 이 사실을 아시나요? 매년 4000명 정도의 아이들이 보육원에 맡겨지거나, 베이비박스에 남겨지거나, 길거리에 버려지거나, 고아가 된다는 사실을? 그러니까 한국에서 태어나는 아기들 대략 80명 중 1명이 부모와 살지 못하고 시설에서 성장한다는 말이 됩니다. 10년 전 저는, 그때 당시 한국 보육원에 살고 있던 약 2만 명 아이들에 대한 얘기를 들었습니다. 시설에서 사는 동안은 어느 정도 보호도 받고, 먹을 것, 입을 것 걱정 없이 학교도 다닐 수 있지만, 문제는 고등학교 졸업 후 퇴소할 때부터 시작된다고 들었습니다. 자립 정착 보조비를 많으면 500만 원까지 받고 나가지만 그걸로 독립하기가 쉽지 않다고. 무엇보다, 함께할 가족도 없이 혼자 그 나이에 세상에 나가 산다는 것이 너무 힘들다고. 그래서 많은 아이들이 아주 어렵게 살고, 범죄집단에 들어가기도 하며, 심지어는 감옥에 가거나 사망까지 한다는 이야기를 들었습니다.

저와 제 아내 그레이스는 그 이야기를 듣고 가만히 있을 수 없었습니다. 그 아이들을 돕기로 결심했습니다. 보육원 사역에 열정이 있는 목사님, 그리고 같은 마음을 가진 지인 몇 분들과 함께 야나라는 단체를 시작했습니다. YANA는 You Are Not Alone.(너는 혼자가 아니야.)의 약자고요, 우리 아이들이 결코 혼자가 아니라는 것을 현실적으로 보여 주는 일을 하고 있습니다.

그 일 중 하나, 야나 유학 프로그램을 통해 현재 7명 학생이 미국에서 유학하고 있습니다. 저와 아내가 지난 5년 반 동안 키워 온 딸 예진이는 영어 한 문장 제대로 모르고 시작했지만, 지금은 고등학교 3학년에서 전교 2등을 유지하며 대입 준비를 하고 있습니다. 공부보다, 한 가정의 일원으로 생활하면서 어렸을 때 입었던 크고 많은 상처의 힐링이 시작되었고, 결혼이나 가족에 대한 긍정적인 가치관도 생겼습니다. 무엇보다, 어떤 일이 있어도 같이할 가족이 생겼습니다.

여러분, 한국에는 현재 2만 7000명 정도의 아이들이 시설에서 살고 있다고 합니다. 이들이 절실하게 필요한 것은 계속 같이해 줄 수 있는 가족입니다. 열린 마음, 진정 어린 마음으로 이들을 보는 것이 첫걸음입니다. 아이들의 배경을 넘어, 소중한 사람으로, 가치 있는 인격체로 이들을 받아 주는 분들이 많은 세상을 꿈꾸어 봅니다. 혈연관계를 넘어 다른 방법으로 맺어질 동생으로, 양자 양녀로, 또는 위탁가정 자녀로 이들을 받아 주실 수는 없을까요? 정규적인 후원금이나 방문으로 한 아이를 도울 수도 있겠지만, 한 아이가 혼자가 되는 것을 막기 위한 노력에 참여해 주셨으면 합니다. 그래서 열여덟 살밖에 되지 않은 친구들이 험한 세상에 혼자 던져지는 현실, 이 심각한 불공평을 줄이는 일에 여러분을 초대합니다.

장애를 넘어 가치 있는 한 인격체로 저를 봐주신 많은 분의 노력으로 저는 여기까지 올 수 있었습니다. 부모님 네 분, 많은 선생님들, 친구들, 고용주와 동료들, 그리고 저와 평생 함께하겠다며 '23년 8개월 5일 전' 용감한 모험을 시작한 저의 아내까지. disability를 ability로 바꾸는 일은 장애인들만의 노력으로 이루어질 수 없습니다. 우리 야나 친구들이 겪는 많은 도전 역시 그들만의 노력으로 극복할 수 없습니다. 우리 모두의 노력이 필요합니다. 저의 삶을 바꿔 주신 분들처럼 여러분들도 한 장애인의 삶을, 한 보육원 아이의 삶을 바꾸는 일에 열정을 갖고 참여해 주시기 바랍니다.

헬렌 켈러는 이렇게 말했습니다. "Although the world is full of suffering, it is also full of the overcoming of it.(세상은 고난으로 가득하지만, 고난의 극복으로도 가득하다.)" 여러분, 이젠 고난에서 눈을 떼고 극복을 바라볼 때입니다. 장애의 벽을 멋있게 같이 뛰어넘음을 설렘으로 동행을 시작할 때입니다. 장애인들과 함께, 그리고 우리 야나 친구들과 함께 걸어 주세요. 함께 함이야말로 장애를, 불운한 배경을, 그리고 다른 삶의 도전을 NBD로(No Big Deal, 그리 크지 않은 것)으로 만드는 최고의 방법이니까요.

여러분, YOU ARE NOT ALONE.
감사합니다.

어둠 속에서 빛나는 것들

1판 1쇄 펴냄 2021년 7월 12일
1판 4쇄 펴냄 2023년 12월 21일

지은이 | 신순규
발행인 | 박근섭
책임편집 | 강성봉
펴낸곳 | 판미동

출판등록 | 2009. 10. 8 (제2009-000273호)
주소 | 06027 서울 강남구 도산대로 1길 62 강남출판문화센터 5층
전화 | 영업부 515-2000 편집부 3446-8774 팩시밀리 515-2007
홈페이지 | panmidong.minumsa.com

도서 파본 등의 이유로 반송이 필요할 경우에는 구매처에서 교환하시고
출판사 교환이 필요할 경우에는 아래 주소로 반송 사유를 적어 도서와 함께 보내주세요.
06027 서울 강남구 도산대로 1길 62 강남출판문화센터 6층 민음인 마케팅부

ISBN 979-11-5888-974-6 03810

판미동은 민음사 출판 그룹의 브랜드입니다.